소설 비비안

Vivian
Copyright © Christina Hesselholdt, 2016
All rights reserved

이 책의 한국어판 저작권은 EYA를 통한 저작권자와의 독점 계약으로 비트윈에 있습니다. 저작권법에 의해 한국 내에서 보호를 받는 저작물이므로 무단 전재와 복제를 금합니다

소설 비비안
Vivian

크리스티나 헤슬홀트 지음
이영숙 옮김

비트윈

가슴 안에 **심장**을 갖고 계시나요 - 그러니까 말이죠 - 제 심장처럼요 - 약간 왼쪽에 말예요 -

에밀리 디킨슨

내레이터(덜그럭거리고 있는 사람이 바로 접니다. 등장인물들이 끓어 오르나 보려고 제가 솥뚜껑을 들어 올린 것이죠).

1929년 11월의 네 번째 목요일이었던 어느 화창한 하루, 가족이 채 흩어지기 전이었던 그날, 이제 막 오븐에서 꺼낸 칠면조 한 마리를 부엌 조리대 위에서 한김 식히면서, 시골 출신으로 원할 때면 언제나 칠면조 소리를 낼 수 있었던 마리아는 남편 찰스, 딸 비비안, (칼이라는 이름으로도 불렸던) 아들 찰스와, 칼을 데리고 살았기 때문에 함께 온 시부모님마저도 웃기려고 칠면조 앞에서 칠면조 소리를 냈고, 칠면조 흉내는 매번 더 우스꽝스러워져 갔습니다. 이들 이민 가족에게는 크랜베리 소스며 호박파이까지 이 명절에 따라오는 모든 것을 지키는 것이 미국에 적응하는 하나의 방식이었고, 커다란 칠면조가 **곧** 미국이었는데요… 그때 마이어 가족의 현관문을 두드리는 소리가 들려왔습니다. 비비안 할머니의 남동생인 율리우스 하우저였습니다. 자달마한 키에, 평소에는 아주 신중해서 바닥의 냉기를 막으려고 종이 봉투에 실내화를 넣어서 다니는 그였지만 뭔가가 꼬여버린 것이 틀림없습니다. "커다란 대야에 물을 받아줘." 찰스 마이어는 아내인 마리아 조소 마이어(조소는 결혼과 동시에 가운데 이름으로 역할했지만, 맨 앞으로 달려 나가고 싶은 열망으로 부들부들 떨고 있던 마리아의 프랑스계 성)에게 외쳤습니다. "외삼촌, 씻기 전에는 방에 못 들어와요." 찰스가 율리우스에게 말했고, 비비안은 자기 아버지가 율리우스를 만지고 싶지 않다는 것을, 그리고 아버지가 율리우스의 재킷에서 손댈 만한 깨끗한 데를 찾고 있었다는 것을 알 수 있었지만 깨끗한 데라고는 없었고, 아버지는 (입을 찌푸려 윗입술이 코에 닿을 듯) 혐오감을 드러내며, 두 손가락으로 (술에 취해 넘어져서 아마도 밤을 보냈을 도로 위의 흙과 토사물로 더럽혀져서 - 그가 다치지 않은 것이 기적일 지경인) 옷깃을 쥐고는 비비안의 어머니가 물을 끓이기 시작한 부엌으로 끌고 갔습니다. 그들은 부엌문을 닫았지만, 잠시 후 비비안은 문손잡이를 몰래 내리고 문을 밀어 틈을 만들었습니다. 함석 대야에 앉아있는 율리우스, 그의 등을 밀어주고 있는 아빠, 스토브 위에 얹힌 솥에서 율리우스의 옷을 세탁하고 있는 엄마가 보였는데, 소매 한쪽이 솥에서 인사라도 하듯 비죽 나왔다가 제자리로 되돌아갑니다. 부엌은 자욱한 김과 순대 삶는 듯한 냄새로 가득했고, 율리우스의 얼굴과 상체는 불그무레했는데, 비비안은 그가 어느 호텔의 푸줏간에서 일을 했거나 하고 있다고 알고 있었고, (아마도 그저 호텔에서 고기를 담당하고 있음을 의미할 뿐이었겠지만, 비비안은 그 생각을 미처 하지 못했던 겨우 세 살박이였기에) 그래서 율리우스를 좋아하지 않았습니다. 비비안은 문틈으로 겨우 한쪽 눈만 보였다고 맹세할 수 있었지만 그 한쪽 눈으로 율리우스가 큰 대야에서 씻기우는 모습을 계속 보고 있을 수밖에 없었는데, 율리우스 하우저가 느닷없이 외쳤습니다. "꼬마 아가씨, 들어와." 비비안의 엄마는 국물이 뚝뚝 떨어지는 국자를 들고 스토브에서 돌아섰고, 아빠는 목욕용 솔로 하우저의 머리를 때리며 독일어로 악마라고 호통쳤습니다.

찰스 마이어가 목욕용 솔로 하우저의 머리를 두 번째로 때리자, 하우저는 대야에서 벌떡 일어났고, 미끄러질 듯 좁은 부엌에서 허우적거렸고, 어떻게 되었는지는 아무도 볼 겨를이 없었지만 칠면조가 대야 속의 그에게로 떨어지고 말았습니다. 하우저는 "너도 때를 밀어줄까?"라고 외치며 크고 노릇노릇 잘 구워진 칠면조를 다리 사이로 눌렀고, (여기서 여러분은, 영화 제목은 기억나지 않지만 펠리니 감독이 한 영화에서, 소년들이 암탉들을 잡아서 수간하는 시늉을 하며 각자 퍼덕이는 암탉 한 마리씩을 사타구니로 누르는, 퍼덕이는 날개들이 소년들의 몸을 앞으로 끌어내는 프로펠러 같던 그 장면을 마음속에 그리셔도 좋습니다) 그때 찰스가 다시 그를 때리고 칠면조를 건져 올려 마리아에게 건넵니다. 마리아는 수건을 펼쳐 들고 해수욕이 끝난 뒤 닦아줘야 하는 아이마냥 칠면조를 받아 안았고, 온갖 역겨움은 늘 떠나지 않는 대공황을 의식한 절실함에 자리를 내어주고 맙니다. 그것은 어마어마하게 비싼 칠면조였으니까요.

줄리어스 하우저는 이제 완벽히 깨끗해졌지만 함께 식사하는 것은 허용받지 못했고, 비비안은 그가 대야에서 일어나면서 쪼글쪼글하게 주름진 살갗이 축 처진 모습을 목격한, 그의 다리 사이로 빠졌던 칠면조를 먹고 싶지 않았지만, 1897년 5월 11일 프랑스령 알프스에서 태어난 그녀의 어머니는 1926년 뉴욕시에서 태어난 비비안 도로시아 테레사 마이어에게, 칠면조를 깨끗이 씻었으니 먹어야만 **한다고** 말했고, 1892년 오스트리아에서 태어난 칼(미국에서는 찰스) 빌헬름 폰 마이어는 싸움을 벌일 기회를 잡고, 비비안은 먹을 필요가 없다면서 - "그러면 우리 몫이 늘어날 나름이지."라고 말했습니다. 잠시 후 그는 그들의 결혼 생활 내내 수도 없이 되뇌었던, 도대체 그녀는 남자를 알 수가 없다고 마리아에게 덧붙입니다. 여기에서 그는, 이름이 니콜라 바유였던 그녀의 아버지가 고작 열일곱 살 때 열여섯 살이었던 마리아의 어머니를 임신시킨 뒤 미국으로 달아나서 서부 어딘가에서 소몰이가 되었기 때문이라는 사실을 넌지시 가리켰던 것입니다. 그러자 그녀가 되받아칩니다. "그리고 나는 내 생일을 내 결혼식 날로 만들어서, 사고 하나를 더 큰 사고로 키웠지."

그날의 말다툼은 찰스 마이어에게 술 핑계 하나를 내주었고, 율리우스 하우저가 어쨌든 깨끗하게 문질러 닦인 상태로 부엌 의자에 앉아있었기 때문에 찰스는 선뜻 그를 술친구로 써먹을 수 있었고, 잠시 후 율리우스 하우저는 다시 취했으며, (마리아와 비비안과 비비안의 여섯 살 위 오빠 외에도, 찰스의 부모와 그들의 딸인 알마와 그녀의 남편인 키이우 출신이며 지금은 조지프 코선이라는 이름으로 맨해튼에서 비단을 파는 상인이자 '더 콜로니 실크숍'의 주인인 요세프 코르순스키, 그리고 내로라하는 집안들을 위해 일했던 유명한 프랑스 요리사였던 비비안의 외할머니 외에도 근면하고 더러 고령이었고 다들 이민자였던 다른 손님들도 있었던) 나머지 가족들이 함께 칠면조 만찬을 나누기 위해서 그들이 말다툼을 벌이는 가운데 하나둘 도착하는 동안, 찰스와 율리우스는 오래된 오스트리아계 헝가리 민요인 권주가를 함께 부르기 시작했는데요 - 거실은 이 문단만큼이나 붐볐지만, 이것이 전체 등장 인물들이고, 만일 이들 모두가 소개되지는 않았다 해도 적어도 한번씩은 언급이 되었고, 바라건대 아무도 빠지지 않았다면 좋겠습니다. 모두가 부엌에 앉아서, 점점 더 술에 취해 가는, 그들의 아버지이자 아들이자 남편이자 형제이자 사위인 찰스 마이어에게 귀를 기울이며 식탁을 에워싸고 있었습니다 찰스의 부모와 마리아의 어머니는 교대교대로 오스트리아-헝가리식 한숨과 프랑스식 한숨을 내뱉으며, 이 겁없는 오스트리아 출신 푸줏간 강아지와 프랑스 출신 고양이는 절대로 결혼해서는 안되었다는 데 동의하며 기계적으로 몸짓과 손짓을 나누었습니다. 두 할머니는 아주 조심스럽게 자기 자식만 흠잡고 헐뜯는 가운데 상대방의 자식은 절대로 건드리지 않음으로써 가족 간의 대혼란을 넘어서서 평생 우정을 지켜갔습니다.

"내 인생에 저런 주정꾼을 보고 싶다는 생각은 하나도 없어요." 마리아 하우저 폰 마이어가 자기 아들에 대해 말했습니다. "저놈은 쓸 데가 없는 놈이에요."

"우리 딸은 게으르고 못돼 먹었어요." 외제니 조소가 대답했습니다.

"하지만 칼과 비비안은…" 마리아 하우저가 말했습니다.

"그래요, 그 애들을 위해서라면 나는 사자마냥 싸울 터예요." 외제니가 말했습니다.

다음날 마리아는 마이어라는 이름을 내려놓고 다시 한번 찰스를 떠났습니다. 그녀는 아들을 시댁에 맡겼는데, 아들은 부모의 폭력적인 싸움에서 보호하기 위해 처음에 잠시 보육원에 맡겨졌던 이래로 이미 수년 동안 그곳에서 살고 있었습니다.

그는 나중에 자기 부모에 대해, "그들은 나를 원하지 않았어."라고 말했습니다. "그들이 나한테 넉넉하게 준 거라고는 이름들뿐이었지."

그는 어렸을 때부터 이름 때문에 혼란을 겪었는데, 가톨릭 신자인 어머니와 루터교 신자인 아버지가 매사에 합의 능력이 부족했던 탓으로 한 번이 아니라 두 번이나 세례를 받았기 때문이며, 처음에는 샤를 모리스 마이어로 세례를 받았고, (게다가 그는 결혼한 지 아홉 달 반이 지나서 태어났음에도 불구하고, 그의 어머니는 세례

증명서에 그를 '필리우스 나투랄리스', 말하자면 혼외자로 명기했고) 다시 한번 칼 윌리엄 마이어로 세례를 받았으며, 이후 프랑스쪽 친척들은 그를 '샤를'로, 오스트리아 쪽 친척들은 '칼'로 불렀으며, 그것은 조금 거칠게 표현하자면 조현병에 걸리고 말기에 충분했던가 하면, 그는 실제로 1950년대 말에 조현병으로 진단을 받았고, 당시 그는 이미 오랫동안 자신을 미국, 프랑스, 독일에 의해 공동으로 포획당한 이름인 '존 윌리엄 헨리 조소 (칼 마이어)'라고 부르고 있었습니다.

비비안의 (단 한 번만 받았던) 세례에서 가장 놀라운 점은 그녀의 엄마가 세례 증명서에다 느닷없이 스스로에게 새로운 중간 이름을 부여했다는 점이었습니다. 그녀는 '쥐스탱'이라는 이름으로, 마치 미스터 저스틴이나 무슈 쥐스탱과의 관계를 통해 비비안을 얻었다고 암시라도 하는 듯했습니다. 그렇지만 만일 남매를 비교한다면, 둘은 (옆모습에서의) 뾰족한 들창코와 살짝 뒤로 들어간 턱이 영락없습니다. 둘에게는 강한 바람에 시달린 듯한 구석이 있습니다. 마치 바람이 (또는 손이) 둘의 이목구비를 너무 거칠게 문질러놓은 듯한 것입니다.

마리아는 집을 떠나면서 비비안을 데리고 나갔습니다. 그녀는 세인트메리가 720번지 6층에서 인물 사진 작가 잔 베르트랑과 함께 살 아파트에는 두 아이가 있을 자리가 없다고 **말했는데요**… 그러나 그곳은 시댁에서 그닥 멀지 않았고, 세인트메리 공원을 지나 금방 걸어갈 만한 거리였습니다.

내레이터
자, 이제 1968년으로 훌쩍 뛰어넘습니다.

피터 라이스
그녀를 마중하러 철도역으로 가는 길에 나는 어린 시절의 보모들을 떠올렸고, 나를 감싸주던, 오로지 나를 안아 올려 껴안아 주려고 내 위로 몸을 굽히며 내가 잘되기만을 바랐던 그들의 팔이며 가슴이며에 휩싸인, 내 몸을 관통하던 사랑스러운 느낌을 떠올렸다. 나는 아직 비비안 마이어를 만나지 못했다. 아내가 혼자서 면접을 했던 것이다. 우리는 이번에는 반드시 제대로 된 선택을 하고 싶었고, 마이어는 (우리집에서 시내로 가는 빠른 교통편이 있는지에만 온통 관심이 있었음에도) 아내에게 아주 좋은 인상을 남겼으며, 우리 집으로 이사를 들어오자마자 (나는 여전히 출장 중이었고) 부친이 세상을 떠나는 바람에 장례식을 위해 떠났다.

내레이터
플랫폼이 텅 비자 모든 가능성들은 사라져 버리고, 180cm 키에 막대기처럼 깡마르고, 이제 막 뉴욕에서 네 시 기차로 도착한 오로지 그녀만이 짐도 거의 없이 남아 있고, (앞치마가 달린 짧고 하늘하늘한 드레스를 입은 풍만한 보모가 백열등처럼, 아니 엘렌 방 옆방의 벽난로처럼 언제나 손닿을 만한 거리에 있지만 엘렌은 잠을 자고 있거나 정원에서 놀고 있는 가운데, 보모가 집안 어디에 있든지 그의 긴 팔에서 손이 툭 튀어 나와서 허벅지며 엉덩이로 더듬어 올라가는가 하면, 그녀의 목 주위로는 팔 하나가 어디선가 불쑥 나와 떡하니 자리잡고 있는) 피터 라이스의 달콤한 꿈들은 서서히 사라집니다.

피터 라이스

내가 그녀를 똑바로 바라보려고 고개를 뒤로 젖혀야만 했다고는 말하지 않겠지만 거의 그랬으며, 소년 시절의 나 자신에 관한 기억 속으로 침잠했던 터라, (마치 내가 여전히 어린 소년인 양) 그녀가 나보다 키가 크다는 사실에 당황했다.

"고인의 명복을 빕니다."라고 말하면서 그녀 쪽으로 다가가며 한 손을 뻗었다. 키 때문에 강력한 인상을 남길 만한 악수를 떠올렸지만, 그녀의 악수는 조심스럽고 땀으로 축축했다. "비비안 마이어입니다. 비브라고 불러 주세요."라고 그녀는 말했다. 그녀의 목소리는 그 사실을 알 겨를도 생기기 전에 사라져 버린 누군가처럼 불안하게 들렸고 - 비브, 하자 그녀가 사라지고 만다. 그녀에게는 작은 여행 가방 하나와 어깨에 걸치는 손가방 하나 그리고 목에 길게 매달려있는, 내가 언제나 갖고 싶었던, 상자형 카메라 롤라이플렉스 하나 말고는 짐이 거의 없었다. (당시에는 말이다. 경고컨데, 나중에 엄청나게 불어난다.) 우리는 차에 올랐고, 가는 길에 눈에 띈 것들에 관해 이야기를 나누었다. 그녀는 1956년부터 시카고에서 일했다. 우리는 〈시카고 트리뷴〉에 실린 그녀의 광고에 응했다.

내레이터
그녀는 이미 1940년대 말에 정신병원에 있는 오빠 칼을 면회하려고 시카고에 왔습니다. 두 할머니가 세상을 떠나자 그는 완전히 무너지고 말았습니다. 그녀가 가지고 간 사과 하나를 먹는 데만 한 시간이 걸렸습니다. 그는 처방약으로 인해 거의 마비 상태였습니다. 그는 의자에서 일어나서 잠긴 문으로 비브를 따라가면서야 겨우 움직였습니다. 그가 했던 유일한 말은 "나는 니무 디리워."였습니다.

피터 라이스
우리의 조금 앞쪽에 말 한 마리가 머리 주위로 피 웅덩이가 생긴 채 시궁창에 누워 있었다. 그녀가 손잡이를 돌려 창문을 내리더니 사진을 찍었다. 말은 도축장으로 실려 가다가 뒷문이 열려서 밖으로 튕겨져 나와 전속력으로 도로에 내동댕이쳐진 듯했다. 그 결과로 도축장은 면했다. 그러고 나자 눈 깜짝할 사이에 먹을 수도, 쓸 수도 없게 된 말은 그냥 거기에 내버려져 있었다. 커다랗고 죽은 눈으로 자기 피로 만들어진 웅덩이를 바라보면서. 마차 한 대가 지나갔고, (분명히 눈가리개를 하고 있었지만 죽은 말의 냄새는 맡았던) 마차를 끌던 말은 죽은 말에게 힐끗거리는 시선도 던지지 않았다. 도무지 무관심했고 계속 무관심을 유지했던, 도시 말다운 말이었다. 피가 담겼던 양동이로는 말에게 물을 먹일 수 없다고 어디선가 읽었던 기억이 났는데, 이상하리만치 부정확한 정보였던 것이 어느 때부터인가는 더이상 양동이에서 피 냄새가 나지 않기 마련이기 때문이다.

"오늘 시카고에서 찍은 제 첫 사진이에요."

일요일이었던 그날은 교통량이 많지 않았다. 그녀가 사진을 찍을 준비를 할 때마다, 나는 속도를 줄이거나 완전히 정차했다. 그녀는 그 점을 고마워했다. 그녀는 번개처럼 빨리 사진을 찍었고, 무척 확신에 차 보였다. 새로 만난 사람과 함께 있을 때는, 심지어 그렇게 열성적으로 찰칵거리는 사람과 함께 있을 때는 말할 나위도 없이 주위가 어느 정도 새롭게 보인다. 아니었다면, 한때는 정원이었지만 지금은 낡은 창문들과 다른 폐품들의 저장소이자 죽어가는 관목 몇 그루 말고는 황폐한, 아파트 건물 사이의 작은 공간 한가운데 서 있는 노인을 내가 과연 알아차렸을까? 그 장면은 노인이 그렇게 늙어버리기 전에는 정원이 어떤 모습이었을지 생각해 보게 만들었다. 그렇게나 부지런히 관리해 온 모든 것이 어떻게 그런 쓰레기장이 되어버렸을까. 지팡이를 짚고 쓰레기 더미로 자신을 끌고 가서 더 썩어들어가고 있는 것을 바라보면서 그냥 서 있는 것 외에는 할 수 있는 일이 아무것도 없이 말이다. 여기서 나는 세라를, 그리고 그녀가 얼마나 정원에 몰두하는지를 떠올렸다. 나는 그녀가 정원에 그토록 많은 시간을 쏟기에는 너무 젊다고 생각한다. 내게 정원은 삶의 후반부를 연상시킨다. 우리 어머니가 장미에 몰두하기 시작했을 때는 나이가 훨씬 많았고, 한창 때를 지난 지 한참 지난 뒤였다. 혹은 과연 내가 문들로만 이루어져 있고, 여전히 손잡이도 달린 문들까지 있어서 그 문들이 마냥 입구인 듯 여겨져서 누군가 쫓아오는 사람이 무대 위에 나타나면 주인공이 항상 다른 문으로 사라지곤 하던 희극 무대와도 흡사하던, 문들의 울타리로 이루어진 어느 아파트 앞에 쌓여있던 것들을 알아차릴 수 있었을까?

"코닥 걸이시군요." 나는 그녀에게 말했다.

내레이터
여기서 그는, 19세기 후반부터 코닥 광고에 등장해서 코닥 카메라는 여성들조차도 조작할 수 있을 정도로 사용하기 쉽다는 것을 보여주고, 자연 속에서 목에 카메라를 걸고 자신만의 현실을 포착하고 기존의 코닥스러운 순간들을 찾아내는 동시에, 가정으로부터의 여성 해방과 남성 동반자의 보호 없이도 자유롭게 야외 활동을 할 기회를 부여해서 여성 코닥 사용자들에게 소구했던, 자유로운 새처럼 묘사된 여성들을 의미했는데요, 사실 매년 다른 코닥 걸이 나오는 광고 사진들의 대부분에서도 주인공은 혼자이기 때문이었습니다.

아마도 광고만으로는 충분하지 않았던지, 〈포퓰러 포토그래피〉에는 '여성들, 사진 촬영 알레르기가 있나'라는 제목의 기사에서 이렇게 제안합니다. "여성들이여, 유배지에서 스스로 벗어나 당신들의 카메라와 친구가 되라. 바깥 세상은 '카메라 여성'의 시선을 기다리고 있다."

피터 라이스
"아니요, 저는 '롤라이플렉스-애용자'예요."라고 비비안이 대답했다.

"이제 막 찍었던 사진들을 한번 보고 싶군요."

그녀는 늘상 현상하지는 못한다며 너무 비싸기 때문이라고 대답했다.

"그리고 게다가 저는 이미 봤거든요." 그녀는 상자형 카메라를 두드리며 말했다. "이 안에서요."

"왜 직접 현상하지 않나요?"

그녀는 직접 현상도 했지만, 현상하는 일에는 관심이 별로 없었다. 잠시 후 그녀가 말했다. "저는 흥미를 느끼는 일들만 잘하거든요."

나는 그녀가 아이들과 요리와 집안일에 흥미가 있었으면 하는 마음이었다.

"아이들은 물론이지요." 그녀가 말했다.

세라 라이스

내가 어떤 남자와 잠시 동안(나도 결혼하기 전에 적어도 다른 남자 하나는 사귈 겨를이 있었으니까), 예컨대 이삼 년 정도 사귀고 있었을 무렵, 문득 근친상간이라는 느낌이 들기 시작했다. 그와 함께 해묵은 단계들을 모두 행하기에는 내가 그를 너무나도 잘 알고 있는 듯했고, 그것은 잘못이라는, 어색하다는 느낌이 들기 시작하는데, 피터와는 오랫동안 그래왔다. 한 남자와 한동안, 예컨대 이삼 년 정도 알고 지내면, 그와 한 식탁에 앉는 일이 힘들어지기 시작하는데, 그가 음식을 먹는 모습을 바라보는 것을 도무지 견딜 수 없고, 그가 음식을 우걱우걱 씹어대는 것만 같고, 음식이 그의 구강에서 분쇄

되어 뒤죽박죽 죽이 되었다가 거무튀튀한 액체로, 이렇게 말하기는 너무 미안하지만 나한테는 꼭 하수관처럼 느껴지는 목구멍으로 사라지는 상상을 멈출 수가 없다.

내레이터
그녀는 미적 과민증으로 고통받고 있습니다. 불쌍도 하지요.

세라 라이스
나는 최대한 숨기고 있다. 그가 음식을 씹을 때면 시선을 돌리려고 노력한다. 이 병적인 과민증은 왜 그 남자를 한동안 알고 지내고 나서야 나타나는 것일까? 이 과민증은 왜 내가 침대와 식탁을 같이 쓰는 남자에게만으로 국한되는 것일까? 내 상담심리사는 아직까지 그 점을 대답할 수 없었다. 다행히도 그밖의 다른 사람들의 식탁 습관과 씹는 행위는 지나치지만 않는다면 조금도 거슬리지 않는다. 그렇지 않았다면 아마도 나는 거의 불구가 되었을 것이다. 이 세상 사교 활동들의 대다수는 먹을 것이든, 마실 것이든, 무언가를 함께 먹는 일 위주로 돌아가니까.

내레이터
그녀는 (여전히) 젊고 타오르는 욕망으로 가득하지만 피터 라이스는 이제 오빠같으면서 역겹게 씹어 삼키는 사람이 되어버렸고, 자이제 그녀는 욕망을 어떻게 배출할까요. 그녀는 정원의 땅 위에 몸을 내던지고, 삽 대신 손으로 땅을 파고, (오늘처럼 누군가를 기다릴 때만 빼고) 정원용 장갑도 없이 맨손으로 달려듭니다.

    임신했을 때의 그녀는 폭발할 정도로 욕망에 사로잡혔고, 어디서나 피터 라이스를 기다렸습니다. 이제 그녀는 튤립과 사랑을 나누며, 이제 그녀는 장미를 올라타고…

세라 라이스
허튼소리, 남자를 달란 말이야.

내레이터
어느 날 밤 그녀는 벽에 붙어있는 포스터에서 히틀러가 그녀를 내려다보며 구역질 나는 목소리로 '자위는 안 돼!'라고 외쳐대는 꿈을 꿉니다. 그녀도 그럴 생각이 없다고, 꿈속에서 생각했습니다. 그녀도 자위에 넌더리가 났거든요.

이제 차가 들어서고, 이제 그녀는 정원용 장갑을 벗고, 이제 그녀는 머리를 매만지고 엘렌을 잔디밭에서 안아올리고, 이제 '교외에 사는 주부'는 짙은 색 곱슬머리의 명랑한 아이와 같이 가족의 새 보모를 맞아들이고, 이제 우리는 '교외에 사는 주부'가 화단과의 관계를 마치고 입가에 흙을 묻힌 채로 있지 않기를 바랄 나름입니다.

비브
저 사람은 지난번 우리가 함께 있을 때 아버지의 비보를 듣고 내가 쓰러지는 것을 본 사람이고, 이제 나는 내 강인한 면모를 보여주어야겠다.

내레이터
불필요한 혼돈을 피하기 위해서 말씀드리는데요, 다음 사건은 일주일 전쯤에 일어났습니다.

비브
전화기가 울렸다. 라이스 부인이 전화를 받더니 나에게 수화기를 내밀었다. 나는 수년 동안 알마 고모의 목소리를 듣지 못했다. 나는 말을 더듬거렸다. 이제껏 나는 말을 더듬은 적이 없었다. 내가 '아버지'라는 말을 너무 여러 번 더듬어서 고모가 그만 참을성을 잃고 소리를 질러댔다. "그래, 네 아버지가 죽었어. 그리고 너도 곧 알겠지만 난 유언장에서 너희 둘 다 지워 버렸어." 그제서야 내 목소리는 마침내 더듬거림을 멈추었다. 돈에 관한 생각이 나의 더듬거림을 안정시켰고, 목소리는 다시 제대로 돌아왔지만 잠시였을 뿐이고 곧 '어떻게'에서 내 더듬거림은 발목을 잡혔다. '어떠, 어떠, 어떠, 어떻게'가 나를 혼돈에 빠뜨리는 동안, 나는 내가 전해 들은 소식이 무엇인지 납득하는 것을 지연시키려고 내가 말을 더듬고 있다는 것을, 이러한 더듬거림이 내 정신과 영혼과 의식과 낡은 머리에 충격에 대비할 시간을 벌어 준다는 것을 알고 있었다. 나는 굉음을 들었고, 충격이 다가옴을 느꼈고, 곧 충격은 내 위로 닥쳤다가 머리에 직접 가해져서 무릎을 꺾어 놓았다. 아직 잘 알지도 못하는 라이스 부인이 내 아래로 의자를 밀어넣어 주었다.

나는 어떻게 그런 일이 있을 수 있었냐고 물었다. 어려운 게 아니야, 고모가 대답했다. 추위와 술이었지. 네 아버지의 심장은 하룻밤 어느 다리 아래에서 멈추었던 거야. 하지만 아버지는 플로리다에 있는 줄 알았는데요. 아니야, 북쪽으로 떠났었어.

고모의 말이 틀렸다는 것은 나중에 알게 되었다. 그 말은 새빨간 거짓말이었다. 아버지는 퀸즈에 살고 있었다. 아버지는 자신의 아파트에서 죽은 채로 발견되었다. 아버지의 아내였던 버타는 한 달 전에 죽었다.

"그래, 너는 아버지를 잃었어." 알마 고모가 말했다. "하지만 나는 동생을 잃었어."

    나는 고모가 그 편이 더 안 좋은 일이라고 생각했던 이유를 모른다. 고모는 내가 모르는 모종의 서열에 대한 통찰력을 갖추고 있을지도 모를 일이다.

아버지가 세상을 떠났다. 일흔여섯 살의 남자로서가 아니라 내가 알고 있었던 모든 연령과 모든 성격의 남자들로서. 개중에는 친절한 남자도 있었는데, 그건 아버지도 친절할 때가 있었기 때문이다. 그리고 역겨운 남자, 나를 오빠의 무릎에 억지로 앉혔던 남자, 그리고 공장에서 기형이라고 파기된 사탕으로 주머니가 불룩하게 차 있기를 바라는 마음으로 우리가 현관에서 기다렸던 아버지. 그리고 나는 결코 익히지 않은 독일어로 히틀러만큼이나 추잡하게 소리를 낼 수 있었던 술주정뱅이. 나는 엄마의 언어만을 배웠을 뿐, 아버지의 언어는 절대로 배우지 않았다. 그리고 내게 아버지는 경찰이 랭리 콜리어의 시신을 들고 군중 속을 헤치고 나갔을 때 인파 속에서 서로 떨어지게 될까 겁이 났던 사람이기도 했다. 그리고 그가 떠나가려는 것을 붙잡으려고 엄마가 나를 시켜 '아버지 노래'를 들려주게 만들었던 사람이기도 했다.

    아버지는 그 모든 모습으로 나를 향해 다가오고 있다.

유언장에서 우리를 지워버린 것은 알마 고모만이 아니었으며, 우리 아버지도 마찬가지였다. 아버지는 '나는 그 아이들을 수년 동안 보지 못했으며, 그 아이들은 내 곁에 있지 않았기 때문에' 우리에게 아무것도 남기지 않았다. 그것이 칼 오빠와 나에 대해 적혀 있었던 내용이었다. 아버지는 나를 버렸고, 나를 떠났고, 당시에 나는 그를 애도했다. 이제 나는 애도를 **마쳤다**. 이제, 새로운 장이다.

알마 고모
그들은 동생을 잘 꾸며 놓았다. 우리가 동생을 보러 들어가기 전에 우리는 그를 건드리거나 눌러서는 안 된다는 당부를 - 도대체 우리가 왜 그러겠냐고? - 받았는데, 그러면 그의 입에서, 나로서는 어떤 종류인지는 상상도 하고 싶지 않지만 아마도 단지 순수한 독주였을 액체가 나올 위험이 있기 때문이었다. "고인의 얼굴에 화장을 했나요?"라고 나는 물었다. 그러나 이름이 뭐였는지 기억이 나지 않는 그 사람은 아니라고, 단지 시신을 씻겼을 뿐이라고 말했다.

    "다 네 잘못이야. 네가 내 동생을 집과 가정에서 내몰았어, 너는 내 동생을 이해하지 못했어, 이 프랑스 쌍것아." 내가 마리아에게

한 말이었다.

비비안은 그저 멍청한 모습으로 서 있을 뿐이었다. 그 아이는 제 어미를 전혀 감싸고 들지 않았다. 나는 동생의 얼굴이 왜 붉지도, 충혈되지도 않았는지 이해할 수 없었고, 그 점이 내가 동생에게 화장을 시켰냐고 물었던 까닭이다. 동생은 오히려 창백했다. 전혀 눈물은 나지 않았다. 내가 소리없이 방귀를 뀌었다는 것을 인정해야만 하겠다. 내가 그 위험을 감수할 수 있었던 것은 다들 냄새가 동생에게서 난다고 믿을 것이기 때문이었다. 이제 우리, 즉 이른바 친인척들은 장례식에서만 모이며 - 결혼식은 없다. 내가 아마도 가방 속을 뒤지고 서 있느라 눈치채지 못하고 있었을 때, 비비안이 앞줄로 나서더니 최대한 동생의 얼굴에 가깝게 몸을 숙여서 사진을 찍기 시작했다.

"비비안, 아버지를 누르면 안 돼." 하고 마리아가 외쳤다.

"당장 그만 둬, 너는 고인에 대한 예의도 없니?" 내가 말했다. 그러나 그 아이는 전혀 듣지 않았고, 바로 가까이에서 그냥 계속했다. 그리고 그 행동은 동생을 보다 더 물체적으로 만들어버렸고, 나는 그 아이에게 소리를 질러야만 했다. "네 아버지는 물건이 아니야, 아직도 여전히 인간이라구." 그러나 그러자 나도 미심쩍어졌다. 비비안이 동생을 물체로 만들었다. 조금 전까지 동생은 죽은 인간이었던 것이다. 그 아이가 나에게 말했다. "외할아버지는 엄마에게 자기 이름을 붙여줬어요. 하지만 엄마는 그 이름을 원하지 않았어요."

"맞아, 나는 그 이름을 원하지 않았어." 마리아가 말했다. "이제야 마침내 마이어라는 이름을 떨쳐버렸어." 마리아는 - 시신 안치대를 - 정말로 가리켰다. "그렇다면 나는 이제 '바유'라는 이름을 덧붙일까?"

"우리한테 있는 이름들만으로도 충분해요." 비비안이 말했다.

"그러나 그는 언제나 껄껄 웃게 만드는 사람이었어." 내 남편(우리는 결혼하지 않았고, 그가 결혼을 원하지 않았던 것이지만 아무도 몰랐던)이 말했다. 껄껄 웃게 만드는 사람이라는 점 말고는 아무것도 없는 걸 상상해 보라구!

잠시 긴장감이 흘렀다. 별안간 현관문이 열린 것은 칼이 거기에 서 있다는 걸 드러내기 위해서였던 것일까. 그렇지만 그 아이가 어떻게 오늘이 장례식이라는 걸 알 수 있었던 것일까. 도대체 그 아이가 어떻게 사기 아버지의 죽음을 알았을까. 나는 마리아와 비비안이 몇 번이고 문 쪽을 쳐다보는 모습을 보았다. 그리고 나는 그 둘에게 소리치고 싶었다. '너희 둘은 내 동생이 저 아이가 오는 걸 꿈이라도 꿀 거라고 생각하니? 너희들이 저 아이도 거리로 내몰았고, 저 아이는 아마 어딘가에 처박혀서 죽어서 부풀어올라 누워 있었을지도 몰라.' 내가 막 그 말을 하려던 참에, 내 팔에 남편의 손길이 느껴졌는데, 나에 관한 한 남편은 늘 생각을 읽는다. 조지프는 내 팔을 꽉 붙들더니 내 귀에 속삭였다. "이런 날에는 죄짓는 것도 정도껏 해야지."

나는 그제서야 그가 러시아 사람이라는 것을, 또한 그는 아무것도 모른다는 것을 떠올린다.

동시에 나는 그가 비비안의 편을 들어주려는 것에 놀랐다. 나는 1956년에 그 아이가 러시아 대사관에 보냈던 전보 이후 그가 아직도 그 아이에게 감정이 남아 있다고 생각했던 것이다.

그러나 그는 그 일을 잊은 게 틀림없었고, 나는 그를 쿡 찌르며 속삭였다. "오십육."

내레이터
'당신들의 머리 위로 헝가리 사람들의 피가 쏟아지기를.' 비브는 러시아 사람들이 확실히 알아듣게 하려고 이 말을 프랑스어로 썼습니다. 그리고 무척 매력적으로 들렸습니다. 너무나도 매력적이어서 그녀가 여러 번 인용할 정도였지요. 그런 뒤에 더 많은 땔감이 불 속으로 던져집니다.

알마 고모
장례식이 끝난 후 우리는 각자의 길을 갈 생각으로, 응당 나와 남편 말고는 다들 서로서로를 의심하면서 함께 시내로 갔다. 비비안이 내 여우 모피를 뚫어지게 바라보는 방식이라니! 나는 마리아의 외투를 똑똑히 기억하는데, 비록 찰스에게는 버타도 있었지만, 마리아는 자신과 찰스가 또 다른 라운드를 위해 링에 올라갔던 1940년대에 그 외투를 샀고, 당시 찰스는 한 해에 이천 달러를 벌었기 때문에 마리아는 일할 필요도 없이 영화를 보러 다녔고, 가끔씩은 하루에 두 번씩도 다녔다. 찰스 스스로는 모자를 엄청 샀다. 그리고 셔츠는 세탁과 다림질을 위해 세탁소로 보냈다. 비비안은 이십 년 전과 똑같은 종류의 옷을 입고 있고, 한번도 1950년대를 벗어난 적이 없다. 그 아이의 옷은 마치 구세군에서 사 입은 것 같이 보이는데, 역시 아마도 그럴 테다. 우리는 길모퉁이에서 헤어졌다. 그들은 내가 유언장에서 자신들을 모두 지워 버렸다는 사실에 대해 알고 있고, 나는 우리가 다시 만날 리는 없다고 믿는데, 잠시 이로 인해 뭉클해져서 다시 들먹였다. "그리고 너희는 한 푼이라도 받을 것이라고 기대해서는 안 된다는 것을 명심하고, 찰스의 죽음에 양심의 가책 좀 느껴. 너희가 어떻게 두 발 뻗고 잘 수 있는지 도무지 이해가 안 간다."

비비안은 내가 전혀 해독할 수 없는 기묘한 미소를 지으며 서 있었고, 마리아는 이미 뒤돌아섰다. 곧 비비안이 마리아를 뒤따랐고, 나는 조지프의 팔짱을 끼고 서서 마치 각각 다른 시대에서 온 듯한 두 여자가 사라지는 모습을 바라보고 있었는데, 조지프도 그들과 우리가 다시 만나리라고 생각하지 않았다. 다음번에는 아마도 내가 묻힐 터다. 그때 저들은 멀찌감치 떨어져 있는 편이 좋을 거다. 이제 나는 찰스를 보고 서서 한 번 더 떠올렸던 것을 말할 테다. 나는 왜 이 모든 소동이 일어나야만 되냐고 생각했다. 왜 숱한 세대가 왔다가 가야만 할까? 왜 그냥 처음부터 (나는 결코 뛰어든 적이 없던) 번식과 죽음으로 인한 모든 문제를 피할 수 있게 일정한 숫자로 결코 죽지 않는 사람들을 창조하지 않았을까? 나는 이 말을 조지프에게는 하지 않는데, 왜냐하면 그랬다가는 '보르시치를-떠먹는' 그의 위대한 신에 대한 설교를 듣게 된다는 걸 알기 때문이다.

나는 나 자신보다 나에 대해 더 많이 알고 있는 누군가가 있다는 게 불만이다. 나는 여기서 봄이 아름답다고 생각하며 봄을 즐기고 싶고, 나는 내년에도 여기 있고 싶은데, 신은 저 위에 주판을 들고 앉아서 이번이 내 마지막 봄이 될 것을, 혹은 내게 정확히 세 번의 봄이 남아있다는 것을 알고 있는 거다.

마리아
인생길 끝자락에서의 찰스를 보고, 프랑스 시골의 갈림길에 서 있는 나무 표지판들을 떠올렸다. 그 표지판들은 길을 가리키며 풍경 속에 가만히 서 있다.

내레이터

이제 우리가 떠났던 곳으로 되돌아왔습니다.

비브

엘렌은 조금 통통한 아이다. 그 애가 지방으로 덮혀 있다고 말하는 것이 과장은 아닐 터다. 그 아이에게 다가가는 데는 노력이 든다. 내가 아이의 오동통한 뺨을 손가락 관절로 가볍게 두드리며 "똑, 똑"이라고 말했던 이유이다.

나는 그들을 그저 '세라'와 '피터'라고만 부르면 된다. 생각이 트인 부부이다. 그들에게는 나를 비브라고 부르라고 했다. 그러나 엘렌은 나를 마이어 선생님이라고 불러야만 한다.

"우리는 아마도 동갑일 거예요." 세라가 말했다. 나는 그 말에 대답하지 않았다.

"감사합니다. **커다란** 자문서 하나를 부탁합니다. 그리고 아무도 여기에 들어와서는 안 됩니다. 그것이 제 유일한 조건이에요. 계단 꼭대기 방은 저만의 공간입니다."

"금지 구역이야."라고 나는 엘렌에게 말하며 손가락으로 안 된다는 시늉을 했다.

계단은 넓다. 위로 올라간다. 아래로 내려간다.

"그리고 신문을 부탁드립니다. 신문을 다 읽으시면요. 신문들이라면 훨씬 더 좋지요."

세라는 언론인이며 여러 신문을 구독한다.

엘렌은 뒤에서 나를 향해 달려와서는 안 되는데, 이제 그것을 알고 있다. 나는 그 아이가 생각하듯, 메리 포핀스가 아니다. 부부는 엘렌에게 이제 자신만의 메리 포핀스가 생길 것이라고 말했던 것이다. 나는 미시건 호수 옆의 한없이 아름다운 (오늘은 햇빛 속에서 빛나는) 이곳 세상은 나머지 세상과 똑같지 않다고 엘렌에게 설명했고, 방과 후 오후마다 이곳에 없는 세상의 상황을 보여주고 싶다. 나의 하루는 이렇다. 일곱 시에 엘렌을 깨우고 반드시 아침 식사를 하게 하고 통학 버스에 태운다. 장을 본다. 약간 청소를 하지만, 물론 다시 더러워질 뿐이다. 한 시에 통학 버스에서 엘렌을 데려와서 반드시 점심 식사를 하게 한다. 그리고 나면 엘렌을 돌봐 주는데 이것은 엘렌과 세상으로 나간다는 것을 뜻한다. 일곱 시에 저녁 식사를 만들어 차리고, 그 후 세라가 엘렌을 목욕시키고 재우는 일을 할 마음이 내키지 않을 경우에는 내가 한다. 그러나 만일 그녀가 마음이 내킨다면 아침 일찍부터 미리 알려주기를 바란다. 목요일과 일요일에는 쉰다. 세라와 피터에게는 각자의 침실이 있다. 부부는 자신들이 원하는 아이를 얻었다. 피터의 신은 일이고, 세라의 신은 일과 정원이다. 부부는 엘렌이 나의 신이 되기를 바라고 믿는다. 나는 그 아이가 - 좋은 날에 내가 나를 보듯 자유롭고 독립적인 - 나같은 사람이 되게 하고 싶다. 나는 내가 돌보는 아이들에게 그들이 내 친자식인 것처럼 말한다. 진실은 살갗을 단단히 만들어 주며, 단단한 살갗이 없으면 우리가 삶이라고 부르는 커다란 용기 안에서 기회라고는 없으며, 너희는 그렇게 휘둘리다가 산산조각이 나고 만단다.

내레이터

옷장에는 머리와 발이 달랑거리는 여우 모피로 만든 목도리 하나가 걸려 있습니다. 오랜 세월에 걸쳐 비비안은 여우 모피 목도리를 목에 두른 여자들의 사진을 여러 점 찍었는데, 일부 사진에서는 마치 각기 여성들의 어깨마다, 그들은 모르게, 죽은 여우들끼리 대화를 나누는 것처럼 보입니다.

    집은 열두 개의 방과 세 개의 욕실로 이루어져 있었으며, 비비안은 자기 욕실을 안실로 썼습니다. 어떤 물건이라도 일단 그녀이 방에 들어가면, 다시는 그곳에서 빠져 나오지 못했습니다.

차분한 붉은색으로 벽을 칠한 현관의 커다란 창문을 통해서 매우 아름다운 빛이 들어옵니다. 그리고 오후가 됩니다. 그녀는 서 있습니다. 때때로 말입니다. 아주 잠깐입니다. 계단 꼭대기에 있는 자기 방 앞에서 눈을 감은 채로 그 따사로움을 느낍니다.

피터

일요일에 도착했던 비비안은 월요일 저녁에 첫 번째 식사인 환영 식사를 마련해 주었다. 그녀가 내어놓은 것이 무엇인지 우리는 짐작조차 할 수가 없었고, 씹으면 씹을수록 점점 더 모호해졌다. 그리고 그녀는 내가 맛보았던 그 어떤 음식과도 다른 고기를 우리가 짐작할 수 없다는 점에 더욱 신난 듯했다. 결국 우리는 포기해야 했다.

"혀예요."라고 그녀가 말했다.

나는 세라가 한 입 가득한 채로 깜짝 놀라는 것을 보았다. 엘렌은 이미 그때 비브에게 한껏 빠져 있었고 모범생처럼 행동했다.

"소금에 절인 우설이죠."

내레이터

자신에 대해서는 아무런 이야기도 하지 않는 비브와 하루하루를 보낸 지 여러 해가 지나고 나서, 피터 라이스는 소금에 절여져 탐식된 혀라는 첫 식사의 상징적인 의미에 대해 생각에 잠기곤 했습니다.

피터

그리고 비비안은 우설 요리와 함께 우리 부부만을 위한 짙고 그윽한 [헝가리산] 에그리 비커베르 적포도주를 내어 왔고, 자신은 물을 마셨다. 우리는 그녀가 프랑스 출신임을 알고 있었으며, 그 점은 그녀의 억양으로도 알 수 있었고, 우리는 그녀가 미국인들이 미소를 너무 많이 짓는다고, 자신들의 이를 너무 많이 드러낸다고 생각한다는 것을 알고 있었다. 그녀 자신은 입을 다문 채로 미소를 지었다. 그리고 그녀가 성당에 가지 않는 가톨릭교도라는 점도 알았다. 그때나 지금이나 그 이상은 아무것도 모른다.

엘렌

나는 선생님이 메리 포핀스라고 믿지 **않았는데** - 선생님에겐 우산이 없다. 그녀는 **빠른** 걸음으로 양팔을 휘두르며 걷는다. 나는 그 팔에 머리를 얻어맞지 않도록 주의해야만 한다.

내레이터

그렇습니다. 커다란 보폭으로 크게 팔을 휘두르며 마음속 거친 바다를 노 저어 갑니다.

비브

오늘 처마 끝자락에 앉아서 가는 눈으로 거리를 내려다보고 있는 비둘기 한 마리를 찍었다. 내 사진 속에서 그 비둘기는 영웅적이었다. 가느다란 시선만으로 거리를 온통 들이마셨던 것이다. 잠시 후, 역사 밖에서 - 누군가가 음식을 떨어뜨렸는지 회색빛 바다 같은 비둘기 떼가 같은 지점 위에서 출렁거리며 날아올랐는데, 새로운 무리가 날아와서 이들 속을 뚫고 들어갔고, 곳곳에서 싸우는 무리 위로 날개 하나가 날아올라서 마치 돛처럼 보였고 - 깃털들이 떠다니고 있었다. 바로 구역질이 나서 창고 뒤로 가서 게워내야 했다. 잠시 뒤 내가 여객 대합실의 분주한 인파를 뚫고 (몇몇은 빛과 색이 조금 도는 스카프로 주변을 밝혔다 해도 회색과 짙은 색 외투 차림 일색으로 모두가 모여 있었는데, 만일 누군가가 다이아몬드 목걸이를 공중으로 던져 그 목걸이가 우리 사이의 바닥으로 떨어졌다면 다들 소매와 옷깃을 펄럭거리며 목걸이를 차지하려고 싸우려 들었을) 승강장으로 들어서자, 비로소 메스꺼움이 가셨다.

어렸을 때는 내가 그것을 볼 수 있는 장소에 없을 때 무언가가 일어날 수 있다는 것이 이해하기 어렵게 느껴졌다. 이제 그 생각은 죽음과 관련해 일종의 위안을 준다. 말하자면 언젠가는 나는 무슨 일이 일어나고 있는지 더 이상 볼 수 없을 것이고, 동시에 내게는 익숙하게도 내가 보지 못한 일들은 아주 많이 일어나 왔으니, 아마도 그렇게 나쁘지만은 않을지도 모를 일이다.

나는 파리와 뉴욕에서 촬영한 앙드레 케르테스의 비둘기 사진들을 떠올렸다. 글쎄, 비둘기들은 서로 닮았으니까 어디였더라도 상관없다. 그의 사진에서는 무엇이 비둘기이며, 무엇이 비둘기의 그림자인지 판단하기가 어렵고, 모두가 그저 어두운 탐욕인 것만 같다. 한 사진에서는 어떤 남성이 등을 돌린 채로 벤치에 앉아있고, 비둘기들이 (그리고 비둘기들의 그림자가) 그를 향해 다가온다. 나는, 만일 내가 죽는다면 마치 사자 훼손에 대해서는 신경도 쓰지 않으며, 사자 훼손은 단지 새가 주변을 부지런히 경계하는 동안 **그 사이사이에** 몰두하는 일일 뿐이라는 듯이 내 위로 껑충 뛰어 올라와서, 불쾌할 정도로 부주의한 새들만의 방식으로 나를 조금씩 먹어 치우고, 살점을 부리에 덜렁덜렁 매단 채로 올려다보거나 주위를 둘러 보고 나서, 또 한 번 더 쪼아 먹고는 다시 올려다보곤 할 것이라는 생각이 없이는 새 한 마리를 제대로 바라볼 수가 없다. 나는 새가 적에 대한 경계를 풀지 않고 있다는 점을 잘 안다. 하지만 그렇게 건성건성 먹힌다니 말이다!

세라
엘렌과 비브가 현관에 서서 막 나가려다 말고, 엘렌이 내게 말한다.

"엄마는 엘렌이 마이어 선생님과 산책하는 것을 좋아하지 않아요. 우리가 집에 돌아오면 엄마는 나가고 없을 거예요."

"아니야, 그것은 사실이 아니란다, 엘렌. 마이어 선생님이 우리와 함께 살면서 너를 돌봐주기를 바랬던 사람은 바로 엄마였어." 내가 말했다.

"그렇다면 나는 엄마를 묶어두고 싶어요."

"말도 안되는 소리야."라고 비브가 말하면서 엘렌의 손을 잡는다.

"나를 묶어두렴." 내가 말하자, 엘렌은 정원으로 달려 나가 줄넘기를 가져와서 의자에 나를 무섭도록 꽁꽁 묶는다. 그동안 비브는 외투를 입은 채로 서서 고개를 가로젓는다. "정말 별일을 다 보는군요!" 그녀가 말했다.

둘이 떠나고 나서 꿈틀꿈틀 줄을 풀었지만, 둘이 돌아왔을 때는 다시 꽁꽁 묶인 상태로 돌아갔다. 나는 신뢰받는 사람이고 싶었다.

둘이 집으로 돌아와 내가 (공식적으로) 풀려나자, 비브가 말했다. "엘렌과 이야기를 했어요. 다시는 이런 일 없을 거예요."

얼마 전 신문사에서 퇴근해서 집에 왔을 때, 비브가 엘렌의 낡은 유모차를 차고에서 끌고 나와서 진입로에 세워 두고 걸레로 닦고 있었다. 그녀는 엘렌이 너무 느리게 걸어서, 유모차에 태우고 다니는 편이 더 쉬울 것이라고 말한다.

"비브, 그 애는 여섯 살이에요! 비브가 좀 더 천천히 걸어야 하는 거예요." 내가 말했다.

그녀는 너무 화가 나서 온몸을 떨고 있었다. "제 이름은 비비안이에요."라고 말하더니 유모차를 잡고는 세게 밀어서 그만 거리까지 굴러갔지만 신경도 쓰지 않는 것 같았고, 내게서 등을 돌리더니 그냥 집 안으로 급하게 달려 들어갔다. 내가 직접 유모차를 가져와서 제 자리에 돌려 놓았다. 나중에 우리가 부엌에서 만났을 때 그녀는 일종의 미소를 지으며 윗입술을 코에다 붙였고, 나는 말했다. "성질 한번 대단하네요." 그리고 그녀는 그 말을 자주 들었던 것이 분명했다. 아마도 우리는 그녀를 가장 높은 곳에 살게 하는 대신 지하실 일부를 비워두었어야 했는데, 나는 그 높다란 위치가 그녀의 자부심에 헛영향을 미쳤을까 봐 두렵다. 여태 그녀는 묵은 신문들 중 아무것도 쓰레기통 옆에 내놓지 않았지만, 아마도 신문을 읽을 시간이 거의 없었을 것이다. 그녀의 노동 시간이 아주 길다는 점에 내가 양심의 가책을 느껴야 할지도 모르겠지만, 우리는 저녁 외출을 즐기고 있다. 가끔씩은 피터를 다시 낯선 사람으로 볼 수도 있는데, 그럼에도 나는 우스꽝스러운 꿈을 꾸었다. 이를테면, 내가 젊은 인턴과 관계를 맺고 있다는 것을 깨달았고, 그것은 나에게 놀라움으로 다가왔다. 말하자면 어느 날 아침이었다. 편집국에 들어서자, 엘렌의 입학식날 아이들 자리에 붙여져 있던 것처럼, 우리 자리 옆에 이름표가 붙여져 있는 것을 보았다. 내 자리로 가서 이름표를 뒤집자, '페도필리아$^{Ped-Ophelia}$(주: 소아성애자와 셰익스피어의 《햄릿》의 주인공의 이름을 합성시킨 단어)'라고 적혀 있었다. 이제 그것이 내 이름이었다. 뒤를 돌아보니, 냉소적인 미소라고 부를 수밖에 없을 표정을 지으며 피터가 내 뒤에 서 있었는데, "근사한 어깨로군." 하고 그가 말했다. 그리고 나는 대답했다. "글쎄요, 저는 어깨로 유명한 시카고 출신이거든요."

세계를 위한 도축장,
대장장이, 소맥 업주,
철도 노동자며 전국 화물 운송원,
격렬하고, 억세고, 호전적인,
어깨들의 도시

분명히 비브에게는 내 꿈에 관해서 이야기하지 않았고, 만일 그랬다면 그녀는 스토브 옆에 쓰러져 죽었을지도 모른다. 하지만 나는 그녀에게 칼 샌드버그의 시를 가르쳐 주었고, 그 시는 그녀의 취향을 저격했다. 한참이 지나 그녀가 엘렌에게 그 시를 가르쳤다는 것을 알았고, 엘렌이 이 시를 읊는 것을 들은 피터가 교훈적인 어조로 한마디 했다는 것도 들었다. "그때는 1914년이었어. 이제 더이상 그렇지 않아."

피터

얼마나 오랫동안 지속되건, 삶을 영위할 장소를 만든다는 것 - 나는 집을 꾸미고 정원을 가꾸는 일을 말하고 있다. 한동안 그 일에 너무 사로잡힌 나머지, 나는 (우리의 삶을 위한, 우리를 위한) 배경이어야 할 것이 전경이 되었다고 생각한다. 나는 새 양탄자를 보면서 생각한다. 이것이 나를 표현할까? 그리고 테라스에 있는 화분들을 두고는 이렇게 생각한다. 이들이 나를 표현하기 위해 여기에 놓였을까? 나는 우리가 못난 것들을 치우는 것은 그것들이 우리를 다시 가리키지 않도록 하기 위해서라고 짐작한다. 나쁜 취향을 소유한다는 것은 바보가 되는 것보다 더 고약한 일이나 다름없다. 아마도 나는, 우리 스스로를 위해서가 아니라 다른 사람들을 위해서 우리가 꾸미는 것을 당연하게 받아들이는 것 같다. 어쩌면 그것은 내가 눈가리개를 하고 내 집을 돌아다니기 때문일 것인데, 만일 내가 좋아하지 않는 무엇인가가 눈에 띈다면, 나는 다만 그것이 시야에서 벗어나도록 나의 자세만을 고쳐잡는다.

비브

오늘은 휴일이다. 세상이 나를 향해 활짝 열려 있다. 내 배에 기대고 있는 것은 잠시 다양한 사람들이 깃들어 사는 '**집**'이다. 그들은 침묵한다. 그들에 대해 우리가 아는 유일한 것은 우리가 눈으로 볼 수 있는 것뿐이다. 나는 침묵의 사업을 하고 있다. 내가 이 사업을 하는 것은 이 일이 조용하기 때문이다.

내레이터
그녀는 배 높이에서 촬영을 합니다. 아래쪽에서 위를 향하고 찍는 것입니다. 그것은 그녀가 찍는 사람들에게 어느 정도의 위용을 부여합니다. 심지어 부랑아들조차도 조금쯤 위엄 있게 보입니다. 적어도 제대로 가만히 서 있을 수만 있다면 말입니다.

비브
어떤 이들은 사진 찍히는 것을 좋아하고, 어떤 이들은 싫어한다. 대부분은 촬영 자체를 전혀 인식하지 못한다. 그러나 나는 사람들이 좋아하든 좋아하지 않든 사진을 찍는다.

이것이 세상에서 나를 조급하게 만들지 않는 유일한 일이다. 카메라와 함께라면, 어떤 문제가 일어나도 해결할 수 있다. 절망에 빠질 일이라고는 없다. 내가 무엇을 할지 알고 있기 때문이다. 언제나 곧장 바로 알아차리지는 못한다지만, 그저 충분히 오랫동안 지속하면 되는 문제이다. 반면에 진공청소기는 문제가 많은데, 나의 평정

심을 잃어버리게(진공청소기가 왜 어떨 때는 빨아들이다가, 또 어떨 때에는 모든 것을 다 내뿜냐고 세라에게 묻기가 싫다) 만드는가 하면, 나는 매일매일 저 못생긴 야수와 한바탕 고군분투해야만 한다. 그러나 여기에는 **한 가지** 유사점이 있다. 일꾼으로서의 내가 거리에서 평화롭게 마음대로 사진을 찍으려면, 눈에 띄지 않고 거의 시선을 끌지 않아야만 한다.

누군가가 내가 걸어가는 길에 돌멩이를 던져서 나한테 맞는 속도로 걸어갈 수 없게 만들 때 내가 곧잘 엄청나게 화를 낸다는 것은 사실이다. 이것이 아이들에 관한 한 유일한 나쁜 점일 텐데, 아이들은 걸음이 너무 느리다. 주인들이 마치 다리를 접착제로 붙여놓은 것처럼 강제해서 자신들의 - 즉 일반적으로는 나처럼 뛰듯이 걸어야할 - 자연스러운 속도로 못 걷는 개들이 나는 불쌍하다.

내레이터
아이들은 과연 어떨까요? 그들에게 자연스러운 속도 말입니다.

비브
음, 나는 '달팽이들'에게 속도를 내라고 가르치고 있다. 윌멧 지역

밖으로 나가면 얼마나 지저분한지 모른다. 그 지역에서는 거리가 온통 쓰레기와 쥐들로 가득하다. 한때는 살아있던 존재들도 그저 시궁창으로 밀려나는 것이다.

내레이터
1966년 어느 날 저녁 텔레비전에서는 마틴 루터 킹 목사가 시카고의 사우스사이드에 있는 골목 중 한 곳에서 삽으로 쓰레기 더미들을 모아놓는 모습을 볼 수 있습니다. 다음 날 데일리 시장은 **바로 그 지역**의 쓰레기를 치우기 위해 미화원들을 보냅니다. 그는 킹의 요구에 즉각적이고 구체적인 대응을 반복하는 것으로 1966년 시카고에서의 킹의 캠페인이 의미한, '인종 차별'에 대한 입장을 밝히는 것을 회피합니다. 또 하나의 예는 '소화전 폭동'입니다. 1966년 여름은 무척 더웠습니다. 여름이면 주민들은 소화전을 열어 아이들이 물놀이를 하게 해 주곤 했습니다. 그해 여름 공무원들이 흑인 거주 지역 중 여러 곳에 들어가 소화전을 잠궜고, 공무원들과 흑인들 사이에서 충돌이 일어났습니다. 경찰이 개입하고 싸움은 격렬해집니다. 데일리 시장은 킹 목사에게 어떻게 할지 도움을 요청하고, 당장의 상황을 걱정했던 킹은 데일리 시장에게 소화전을 다시 열 것과 흑인들이 백인 거주 지역의 수영장을 안전하게 이용할 수 있게 해달라는 것만을 요구합니다. 그리고 데일리는 그렇게 응했습니다. 그에게는 마음대로 이용할 호수 하나가 통째 있었습니다. 그는 소화전을 열고 스프링클러를 연결했으며, 흑인 거주 지역에 이동식 수영장을 보급시켰습니다. 물이 뿜어져 나왔습니다. "그들은 우리가 아가미를 키워 헤엄쳐 떠나 버리기를 바라는 겁니다." 인권 운동가 중 누군가가 말했습니다.

비브

고양이 한 마리가 죽어서 납작해진 채로, 광고지와 시든 나뭇잎으로 일부 가려진 채 누워 있다. 아이디어 하나가 떠올랐다. 집에 돌아온 나는 흰색 셔츠 위에 내 파란색 벨벳 외투의 단추를 채워서 가장 윗부분을 보이게 만들고, 외투의 소매를 옆으로 펼친 채로 테라스 바닥에 놓고 내 빨간 모자를 옷깃 위에 올려놓아서, 텅 비고 납작해진 비브가 지치고 먼지를 덮어쓴 모습으로 그곳에 누워있게 만들었다. 나는 한동안 납작함을 이용해 계속 작업했다. 여기서 내 그림자가 효과적이었다. 나는 그림자의 가슴과 심장과 폐에 나뭇잎으로 주요 기관을 배치하면서 계속 시도했다. 어떨 때면 그것은 그저 양념이 뿌려진 것처럼 보이기도 했다.

    나는 내 그림자가 사람들 위로 떨어지게 만들기도 하고, 팔꿈치 그림자가 드러난 채 그대로 사진을 찍는다. 나는 그들 모르게 그들 세계의 일부가 된다. 그들의 삶 속으로 나 자신을 끌어내린다.

내레이터

처음부터 비비안이 발 닿는 대로 열심히(굳이 따지자면 **끊임없이**, 처음에는 코닥 브라우니 카메라로, 나중에는 롤라이플렉스의 한 모델로, 그 후에는 또다른 모델로, 그러다가 곧 동시에 여러 대를 목에 걸었다가, 나중에는 또 다른 카메라들을 쓰면서 말이지요. 저는 기술적인 것에 구체적으로 들어갈 생각은 없으니까, 노출 시간이며 암실이며 인화지 같은 단어는 제게서 기대하지 마시기 바랍니다. 적어도 너무 자주는 말이지요. 동시에, 만 레이의 기록을 읽는 것은 흥미진진했는데요, 암실에서의 그의 행동, 그가 유통 기한이 오래전에 지나버린 재료를 사용하거나 사진 현상 규칙을 모두 어김으로써 결국 어떻게 뛰어난 결과를 낳는가 하는 것 말입니다.) 사진을 찍었던 것은 아니었고, 그것은 1940년대 후반에 이르러 아버지를 그만 만난 시점/그의 아버지가 자녀들을 그만 만난 시점/아버지와 자녀들이 서로를 만나지 않았던 시점부터였습니다. 그래서였을까요? '아버지는 세상을 떠났고, 앞으로 나(즉, 비브)는 내 삶에 일어나는 의미 있는 모든 것을 보존할 테다. 나는 그 모두를 이 상자, 즉 배꼽 높이에 대롱대롱 매달려 있는 평생을 담은 여행 가방이자, 가죽으로 만든 애착 동물이자, 나의 롤라이 속에 갖고 있어. 모두 내 것이 되었어. 모두 내게서 사라질 수가 없어.'

(그럴듯한 설명과 동기와 이유를 찾아내는 것이 제 일이며, 제가 존

재하는 이유입니다.)

비브

그것은 할머니들이 세상을 떠났던 무렵이었다.

엘렌

마이어 선생님과 내가 너무나도 좋아해서 거의 날마다 가는 길은 공원의 호숫가에서 선생님은 옷을 입고 있고, 만일 바람이 분다면 외투까지도 다 입고 있지만, 다리만큼은 (그녀가 모피라고 부르는 털이 난 채로) 드러내놓고 있다. 선생님은 물가에 서서 나를 지켜보고, 나는 호수에 떠 있으면서 선생님의 얼굴을 올려다보며 하늘을 쳐다보고 있기 때문에 선생님이 보통보다 훨씬 더 큰 새처럼 보인다.

　"왜 사진을 찍나요?"
　"머릿속의 다른 모든 것을 비워주거든."
　"하지만 그렇게나 많이요?"
　"안보다 밖을 보는 편이 더 좋거든."
　"그 말은 무슨 뜻인가요?"
　"세상이 내 머릿속보다 더 재미있다는 거지."

"선생님은 늘 사진을 찍어요."

"나는 늘 무언가를 찾거든."

"저도 할 수 있을까요?"

나도 할 수 있고, 조앤도 할 수 있고, 그래서 우리는 그 멋진 세상에서 마이어 선생님과 서로의 사진을 찍어줬는데, 우리가 선생님의 롤라이를 서로에게 건넬 때마다, 선생님은 "조심 조심"을 외쳤다.

내가 호수에서 나오면 선생님은 수건으로 나를 닦아 주면서, 우리는 내가 선생님이 만드는 저녁인 것처럼 놀이를 하고, 선생님은 가능한 모든 것을 다 넣는다. 또, 나는 냄비이기도 하다. 우리는 선생님이 수건으로 나를 부빌 때마다 새로운 재료를 번갈아가며 외친다. 밀가루, 소금, 간 고기, 말똥, 풀, 혀, 후추. 그리고 마지막으로 선생님이 내 머리카락을 부벼대면, 요리는 완성되고, 내 몸은 다 말라 있다.

내레이터

저는 시카고에 가 본 적이 전혀 없습니다. 제 능력의 한계로 폐를 끼치고 싶지 않아서, 아마존에서 '스트리트와이즈 시카고'라는 코팅된 중고 지도를 샀는데, 구겨지지도 지저분하지도 않았고, 접을 수도 있습니다. 저는 하일랜드파크와 윌멧(오바마 대통령의 집도 우연히 발견했지만, 윌멧의 길슨 공원은 찾아낼 수 없군요)을 모두 찾아냈고, 비비안이 교외를 벗어나 사진 촬영을 하기 위해 택했던 길로 그녀를 따라갔습니다. 루프 지역이며, 맥스웰스트리트 마켓(매주 일요일)이며, 위험천만한 매디슨스트리트까지 말이죠.

한 번도 가 본 적 없는 장소에 대해 글을 쓰는 것은 그 어느 때보다 쉬워져서, 단 한 번의 클릭만으로 사람들의 집 위에 떠다닐 수가 있지만, 함정도 많고, 평지에 산이 표시되기도 하기 때문에 정말로 곤경에 처할 수도 있어서 구체적인 설명을 삼가는 편이 안전합니다. 그리고 저도 역시 대체로 그래 왔습니다. 제가 '시카고'라고 하면, 시카고임에 틀림없습니다.

베트남 전쟁이 한창이던 1969년, 마틴 루터 킹 목사가 암살되자, 격렬한 인종 폭동이 잇달았고, 수천 명의 아프리카계 미국인들이 시카고의 웨스트사이드와 사우스사이드의 거리로 쏟아져 나와 상점을 약탈하고 건물에 불을 질러, 3킬로미터에 달하는 매디슨스트리트의 거의 모든 건물이 파괴되고, 웨스트사이드는 흡사 전쟁터를 방불케 했으며, 열한 명이 사망하고 수백 명이 상점을 잃었던가 하면 천 명이 넘는 사람들이 집을 잃었습니다. 비브는 폭동이 일어난 지 이틀만에 그곳에 가서 형편없이 파괴된 동네들과 거리를 순찰하고 있는 주방위군들을 사진에 담았습니다.

비비안은 로버트 F. 케네디의 선거 운동에 아주 매료되어 있었고, 민주당 예비 선거 행사에서 수천 킬로미터 떨어져 있었기 때문에 대신 케네디의 선거 운동과 관련된 신문의 일면들을 사진으로 담아 기록해야 했는데, 결국 신문의 일면들은 그의 암살 사건으로 뒤덮힙니다.

비브
모든 봉제 동물 인형 중에서 가장 크고 가장 고귀한 코끼리는 '알에프케이(주: 로버트 케네디의 이니셜이자 별명)'이고, 엘렌은 코끼리를 장난감 수레에 태우고 이제 성 베드로 대성당이 된 장난감 집을 향해 천천히 수레를 몰고 간다. 세라와 나는 행진에 참여했고, 정원을 지나가는 내내 디딘 속도가 나를 울려서 (나는 그 속도도, 그가 죽었다는 것도 참을 수가 없다) 엘렌을 더없이 만족시킨다. 왜냐하면, 비록 엘렌은 알지도 못 하는 사람을 두고도 울 수 있다는 점을 이해하지는 못했지만, 텔레비전에서도 수많은 사람들이 울고 있는 것을 보았기 때문이었다.

내레이터
대통령 선거 후보를 지명할 목적의 민주당 전당 대회는 1968년 8월

26일부터 29일까지 시카고에서 열렸고, 당시 민주당은 베트남 전쟁을 놓고 분열 상태이고, 휴버트 험프리 부통령을 후보로 지명합니다. (그는 후에 닉슨에게 패하죠.) 대의원들이 시카고에 도착함과 동시에 수천 명의 시위대가 몰려들고, 반전 시위대와 경찰 사이에 다시 폭력적인 폭동과 충돌이 일어납니다. 언론은 이를 '시카고 전투'라고 부릅니다. 데일리 시장은 도시 전체를 무장시켰고 경찰에게 방화범들을 사살할 것과 상점 약탈자들에게 사격을 가해 상해를 입힐 것을 지시했습니다. 남북전쟁 이후 미국에서 이와 같은 대규모의 군사 점령이 일어난 적은 없습니다. 기적적으로 아무도 목숨을 잃지는 않았지만, 최루 가스가 자욱하고, 거리에서의 싸움은 사람들을 밀어 붙여 상점 창문을 뚫고 들어갈 정도로 불어납니다.

비비안은 시위대를 촬영하느라고 그랜트파크에 엘렌을 데려가지만, 엘렌이 "아이스크림을 사다가 총에 맞을 수도 있나요?"라고 물을 정도로 경찰과 커다란 인파를 보고 공포에 질렸기 때문에 결국 집으로 되돌아와야 합니다.

그날 찍은 사진:

줄지어 선 경찰관들

무표정의 경찰관을 놀리는, 실루엣처럼 우아하며 키가 작고 이목구비가 날카로운 여성

'돼지들이 살인을 저지른다' (벽에 적힌 낙서)

공원의 잔디밭에 누운 이들, 자는 이들, 신문을 읽는 이들 등의 젊은 시위대

세라

그녀가 저지른 일은 충격적이었고, 엘렌이 얘기하듯 전에도 그런 적이 있었다는 데도 내가 그녀를 해고하지 않은 이유를 모르겠다. 왜 그랬냐고 묻자, 그녀는 길고 지루한 식사 시간으로 인해 인내심을 잃었다고, 왜냐하면 자신은 세상으로 나가고 싶었기 때문이라고 대답했다. 그녀에게 세상은 길거리를 의미한다. 그리고 그녀는 음식을 버리는 것을 견디지 못한다. 가난한 사람들이 그렇게나 많은데 음식을 버리는 것은 잘못이라고 그녀는 생각한다. 하지만 엘렌은 뚱뚱해요, 라고 나는 말했고, 엘렌이 앉아서 듣고 있는데 그 말을 한 것이고, 후에 그것을 후회했다. 그 대화는 응당 엘렌이 없을 때 했어야 했지만, 솔직히 말하자면 나는 너무 충격을 받아서 그

생각을 미처 하지 못했다. 저 아이는 음식을 남기지 않고 다 먹을 필요가 없어요, 그래서 비만해지는 거예요, 당신은 저 아이가 배가 부르다고 느끼는 능력을 망치고 있어요, 라고 나는 말했다. 그녀 자신은 헐렁한 옷 아래로 아주 큰 키에 깡마른 채로 서 있었다. 그것은 강압이에요, 제 아이는 그런 대우를 받아서는 안 돼요, 아무도 그런 취급을 받아서는 안 되는 거예요, 라고 나는 말했다. 그녀는 고개를 끄덕이고 나서, 반대에 부딪힐 때면 곧잘 하던 행동을 취했다. 어디론가로 미끄러져 간 것이다. 이것은 내 표현이다. 그녀는 바로 옆에 서서도 자신의 내면으로 달아난다. 그녀는 어디론가로 미끄러져 갔고, 잠시 뒤 커다란 보폭으로 양팔을 휘두르며 아이 방에서 나왔다. 토마토수프와 덤플링이 사방에 있었다. 엘렌은 울음을 그친 채로 머리카락을 빨면서 앉아 있었다. 아이는 입에 무언가를 늘 넣고 있어야 했다. (엘렌이 결코 헤어난 적이 없는) 구강기에 무언가가 단단히 잘못되었다. 수유를 조금 더 오래 했어야 했다. 비브는 아이에게 사탕을 너무 많이 준다. 만일 낮 동안 사탕을 그렇게 많이 먹지만 않았다면 아마도 식사를 좀더 빨리 끝냈을 것이다.

문이 열려 있었고, 나는 복도를 지나가면서 그녀가 엘렌 위로 몸을 굽히고 서 있는 모습을 보았는데, 무슨 일이 일어나고 있는지는 미처 이해하지 못했다. 그녀는 엘렌의 머리를 자기 겨드랑이에 밀어 넣다시피 하고 있었고 - 나는 아마도 엘렌의 눈에 무언가가 들어갔을 것이라고 생각하고 도와주려고 방에 들어갔던 것 같다. 둘은 내가 들어오는 소리를 듣지 못했고 - 나는 방에 들어서서야 그녀가 엘렌의 코를 잡고 숟가락을 아이의 입에 억지로 넣고 있는 모습을 보았다. 아이는 머리를 걷잡을 수 없이 저어대며 발버둥을 치고 있었다. 내가 들어오는 소리에 비브가 멈추었고, 엘렌은 입을 벌려 토하며 기침을 하고 울음을 터뜨렸다. 비브는 자기 방으로 바로 올라가는 대신에 먼저 우리 욕실을 썼는데, 한참 동안 물을 틀어 놓았고, 손을 정말 제대로 씻었던 것 같다. 사실 나는 그녀가 그랬다는 것을 안다. 손톱용 솔이 젖어 있었기 때문이다. 내가 무슨 스파이라도 된 기분이다. 나는 그녀가 집에 없을 때 여분의 열쇠로 그녀의 방문을 열고 싶은 충동을 억누른다. 그녀의 삶에 대한 이러한 호기심은 나에게 열등감을 주었고, 이것이 내가 그녀를 해고하지 않은 이유이기도 하다. 나는 그녀가 상전같이 느껴진다. 말도 안 된다. (내가 그녀의 고용주이며, 그녀는 나와 매월 마지막 날 내가 주는 봉투에 전적으로 의존하고 있는 것이다.) 잠시 후 그녀는 배에다 상자 카메라를 걸고 거리를 향해 걸어나갔다.

우리는 우리가 씨름했던 그 모든 보모들 이후로 드디어 작은 평온이 왔다고 생각했다. 이전 보모는 (나중에야 밝혀졌지만) 심한 빈혈이 있었고, 늘 너무 피곤해서 매일 점심 식사 후 엘렌을 안은 채로 잠들었는데, 내가 오후 늦게 집에 돌아오면 둘 다 깊이 자고 있었고, 그런 다음에는 당연하지만 엘렌이 밤잠을 못 잤다. 그다음 보모는 (불쌍하게도) 나무에서 떨어지면서 머리를 다쳐서 나이에 걸맞게 행동하지 못해서, 마치 덩치 큰 아이를 데리고 있는 것 같았는데, 자기 엄마를 그리워하면서 먹는 것으로 그리움을 달랬고, 먹고 난 접시들을 침대 밑에 쑤셔넣었다. 그 다음에는 밤에 인근 목장에서 남의 말을 타는 보모, 수전이 있었고, 나는 어느 이른 아침에 손에 박차와 재갈을 들고 있던 그녀를 우리 정원에서 목격했다.

그날 오후에는 다들 정원에서 놀고 있었는데, 엘렌은 동네 아이들과 함께 있었고, 나는 비브를 해고하지 않은 것이 옳았음을 확인했다. 아이들은 우리 정원의 가꾸지 않은 채 방치된 곳에서 놀고 있었다. 그녀는 아이들을 찍고 있다가, 내가 집에서 나오자 나를 찍기 시작했다. 우리는 우리를 찍은 그 많은 필름과 사진들 중 아무것도 본 적 없다. 내가 물어보면 언제나 그녀는 자신의 물건들이 뒤죽박죽이고 도무지 찾을 수가 없다고 말하거나, 만일 내가 재차 물어보면 찾아보겠다고 약속하지만 그런 적은 한 번도 없었다. 내가 그 사진들을 좋아할지는 잘 모르겠다. 아이들은 관목 뒤에 누워 그것이 집인 양 누워 있었고, 커다란 잎들을 얼굴 앞에 대고 안쪽에서 똑똑 두드렸는데 - 아마도 자신들이 사과인 척했던 것 같다. 결국 아이들은 웃음을 터뜨리며 관목 속에서 굴러 나왔고, 비브가 외쳤다. "이 모든 엉뚱한 재료들로 사과 소스를 만들어야겠는 걸!"

비브

그것을 빛 가운데로 꺼내어서, 그것이 그림자 속에 숨어서 위험해지지 않게 만들자. 아이의 입 속에 음식을 쑤셔 넣기 전, 나는 악이 나를 관통하는 것을 느꼈는데, 악은 나를 따라오다가 내 앞에서 방향을 틀어 나를 가로막았다. 그것이 옆모습을 하나 더하는 바람에 나는 불현듯 세 개의 옆모습으로 보여질 수도 있다. 악을 그 세 번째로.

나는 이 나라에서 방출되는, 이미 만연되어 있는 엄청난 양의 악에 더 많은 악을 더하고 싶지는 않다. 그러나 악은 나를 유혹해서 끌고 간다. 나는 나 자신을 없애 버리고 싶고, 나를 내던지고 싶다.

내레이터

여기서 저는 어렸을 때 받았던 연극 수업의 첫 며칠 중 하루가 생각납니다. 강사는 커다란 여행 가방 두 개를 가지고 왔고, 가방들을 거꾸로 뒤엎자 (아마도 조금 더 조심스러웠을 텐데요) 수많은 형형색색의 가면들이 모습을 드러냈고, 강사는 우리(수강생들)더러 각자 하나씩 골라서 쓰라고 했습니다. 저는 파란색 반-가면을 선택했습니다. 그런 다음 강사가 우리가 선택한 가면들을 설명했습니다. 제 가면은 '(푸른) 영혼'이었습니다. 강사는 가면을 쓴 채로 거울에 비친 스스로를 보라고 했고, 얼굴 아랫부분을 드러낸 채로 남겨 놓은 가면은, 제가 그것을 보자 더 이상 제 얼굴이 아닌 듯 보이는, 얼굴의 아랫부분으로 주의를 끌었고 - 저는 아버지와 할머니의 얼굴을 모두 볼 수 있었고, 거칠고 자유로운 무언가에 의해 장악당했다기보다는 우리 가족에게, 유틀란트 땅에 장악당했습니다. 그 다음에는 가면의 소리를 발견해야 했습니다. 제 가면은 과묵했습니다. 그렇지만, 제 가면의 상대방이었던, 수강생들 중 가장 나이가 많았던 육십대 여성이 썼던 '붉은 영혼'은 할 말이 많았습니다. 거의 소리를 질러댔습니다. 이제 강사는 가면들이 서로에게 무엇을 원하는지 봐야 한다고 말했고, 붉은 영혼은 제 냄새를 맡기 시작하다가 점점 심해지더니, 급기야 저를, 파란 영혼을 바닥에 넘어뜨릴 때까지 점점 더 격렬해졌고, 그 당시에도 저는 허약했기 때문이었는데, 제 위로 몸을 던지더니 짝짓기를 연상시키는 무언가를 행하기 시작했습니다. 강사는 붉은 영혼을 푸른 영혼에서 떨어뜨려 저를 다시 일으켜 세우기 위해 안간힘을 써야만 했습니다

세라 라이스
당신이 육십대 여성에게 제압당했다구요? 그녀가 무슨 군인이었나요? 아니면 경찰관이었나요? 사설 경비원이기라도 했나요?

내레이터

제 생각에 승부는 거기서 끝났고, 가면들이 장악하면 어떤 상황이 일어나는지가 확연해졌습니다. 나이 많은 수강생의 폭력적인 행동이 하나의 문제였다면, 또 다른 문제는 남은 하루 종일 제 가족에 의해 고문 당했던, 잔인하게 노출된 얼굴 아랫부분이었습니다. 그것은 제가 겪어본 가장 정신병에 가까운 체험이었습니다. 제 친지들이 제 안을 온통 차지했고, 쉽게 물리쳐지지 않았습니다.

세라의 상담심리사

나는 '생각 유령'으로서 기억들을 생각하기 시작했다.

비브

카메라 가게에서 일하는 캐롤라인이 자기 집으로 와서 달이 처녀성을 잃는 광경을 보겠느냐고 물었다. 실은 그녀는 '달이 처녀성에서 끌려나오는 광경을 보겠냐고' 표현했다. 그러나 나는 그날 저녁에 해야 할 모든 일로 시간을 못 냈고, 달착륙을 **생방송**으로 보지 않았다. 그래서 나에게는 달이 여전히 처녀이다. 게다가 나는 외할아버지라고도 부르는 니콜라 바유씨를 찾아갔던 이후로 (어머니 말고는) 아무도 방문한 적이 없었으며, 내 말은 **남**을 뜻하는데, 일

거리도 없이 남의 집에 발을 들인다는 생각을 나는 정말 좋아하지 않는다. 그녀와는 가게에서 계산대 너머로 대화를 나누는 쪽이 훨씬 마음이 편하다.

엘렌

시내에 나가면, 우리는 먼저 '기다란 가게'로 가서 시식용 사탕이 있는 사탕 판매대로 깊숙이 들어간다. 마이어 선생님은 자기 가방을 가져왔다. 나는 지켜보다가 모든 점원이 동시에 등을 돌릴 때 선생님에게 이를 알린다. 그때 선생님은 사탕 그릇을 통째 가방에 쏟아 담는다. 선생님이 사진 한 장을 찍을 때마다 우리는 사탕 한 알을 받는다. 선생님은 사진을 많이 찍는다. 집에 돌아가면 대개 가방이 비어있다. 선생님의 아버지는 한때 사탕 공장에서 일하면서 선생님과 오빠에게 줄 사탕을 집으로 가지고 왔다. 그는 사탕이 제대로 나오도록 기계를 관리하는 사람이었다. 모양이 잘못된 사탕은 집으로 가져올 수 있었다. 그러나 그는 사탕 모양이 잘못되게 하려고 기계를 조작하지는 않았는데, 그러면 그가 일자리를 잃게 되고, 또한 아무도 사탕을 얻지 못하기 때문이었다. 모양이 잘못된 사탕도 맛은 다르지 않았다. 그저 머리 부분이 없거나 가루 설탕이 안 뿌려진 곰돌이 젤리이거나 연도가 제대로 찍히지 않은 동전 모양 초콜릿이었다.

비브

샹소르에서 찍었던 내 걸작들이 다시 나타났다. 내가 어디를 안 찾아봤는지 모르겠지만, 여기에는 아무도 들어오지 않았던 것이 아닌가. 그리고 사진들을 찾자마자 앉아서 곧장 - 그래서 내 마음이 바뀌지 않게 - 생-보네의 사진 현상소에 편지를 썼다. 나는, 나에게는 흥미로운 사진들이 아주 많다고, 사실 엄청나게 많다고, 내가 조금이라도 모든 것을 시도해 본 사진들이 있다고 그에게 설명했다. 요컨대 나는 그에게 나와의 협업에 관심이 있는지, 다시 인쇄해 줄 것인지를 물었다. 엽서에 사용한 것과 똑같은 종이를 사용해야 한다고 쓰는 것도 잊지 않았다. 그 당시에 아주 잘 나왔던 것이다. 그리고 그는 너무 멀리 산다. 혼동은 없을 것이다. 여기에서 나인 사람과 그곳에서 나였던 사람. 사진들과 나 또한 어떤 면에서는 혼동되지 않을 것이다. 내가 필름을 맡길 때 그는 나를 만나지 않을 테며, 필름을 소포로 받기만 할 테다. 비용은 지독히도 비쌀 것이다. 나는 그것이 가능하다고 조금도 확신하지 않는다.

그러고 나면, 스타일과 주제 선택에 관한 질문이다. 사진들은 특정 인물, 즉 나를 다시 가리킬까? 나는 전시를 보러 갈 때마다 곰곰이 생각한다. 작품들 속에 카메라 뒤에 있는 사람의 모습이 얼마나 보일까? 나는 작품들 뒤로 숨겨질까, 아니면 반대로 드러날까? 나는 드러난다고 생각한다. '내레이터'야말로 실제 주인공인 것이다.

내레이터

당신과 동의할 수밖에 없군요.

비브

다음은 최근에 일어난 잊을 수 없는 일들이다.

> 길거리에 놓인 불에 탄 안락의자, 그 위에 떠 있는 연기 구름
>
> 은여우 목도리를 두른, 하늘하늘한 하얀 드레스 차림의 여성, 자신의 번쩍거리는 미제 차로 향하다, 밤
>
> 오드리 헵번
>
> 경찰관과 정장 차림의 남성에게 끌려가는 고급 옷차림의 만취 상태인 난쟁이, 그들은 그의 팔을 잡고 있지만 몸을 구부린 채로 걸어야 한다. (난쟁이의 승리)
>
> 두 노인, 그들은 남매일까, 부부일까, 남성은 좋은 옷차림이고, 여성은 구김이 심한 나일론 드레스 차림, 남성이 여성을

인도한다. (칼과 나는 형제 자매적인 방식으로 함께 살 수 있었을까 - 내가 분명히 그를 돌봐주는 역할을 맡았을 것) 나는 사람들이 - 감옥으로, 시설로 - 끌려가는 모습을 종종 보는데, 그 장면은 나를 공포로 가득 채운다.

자신의 얼굴을 경찰관 얼굴 바로 앞에 들이민 채로 경찰관에게 위협적으로 따지고 있는 뚱뚱한 폴란드 여성.

내가 편지를 쓰는 동안, 생-줄리앙이 너무나도 생생하게 다가왔다. 이모에게 농장을 물려받았을 때 나는 농장을 팔아야한다는 것을 조금도 의심하지 않았고, 우리가 스스로에 대해서 알고 있는 것보다 모두가 우리에 대해 더 많이 알고 있는, 이렇게 작고 남의 말 하기 좋아하는 마을의 일부가 되지 않을 작정이었다.

보르가르는 숲을 등 뒤로 하고 땅을 향해 구부러진 채로 놓여 있다. 나는 땅을 조금씩 야금야금 팔았다. 결국 농장 하나만 남아서 잃어버린 모든 것을 마주하게 되었다.

세라
나는 정원을 단점과 장점과 갈망과 반감을 지닌, 아마도 나 자신의 것일 마음이나 정신이나 인물로 보기 시작했다. 터무니없는 면도 있는 듯하지만 잘 생각해 보면 내게는 확실히 잡초는… 그러니까 당연하게도 인내심을, 즉 거절을 받아들이지 않으며, 넘어지면 바로 일어나는 것과 같은 그런 것을 상징하는 것이다. 그리고 장미 정원은 할 일이 너무 많아서 피터가 정말로 이혼을 요구할 뻔했을 정도이다. 장미는 신비로움에 대한 나의 갈망이요, 이 모든 꼬임과 구부러짐이 함께 모여 내 정원의 유니콘, 장미를 이룬다. 피터에게 벚나무를 설명하면서도 그가 신경쓰지 않게 할 수 있는 방법이 여러 개 있다. 예컨대 내가 벚나무에는 그리스도 같은 데가 있다고 말하면, 피터가 묻는다. 어떻게? 그러면 나는 나무가 드러낸 것을 조금 이야기할 수도 있고, 나무가 흔들리고 상처받기 쉽게 보인다고, 조금 말할 수도 있겠다. 만일 내가 아무 생각도 없이, '다른 나무들이 우리 벚나무를 공격하는 것은 시간 문제야. 올해 처음으로 버찌로 가득한 관을 쓰고 서 있는 우리 그리스도 나무를 말이야.'라고 말했다면, 그는 담요를 가져와서 나를 의자에 앉혀 놓고, 책을 너무 많이 읽는 것과 과로와 수면 부족을 이야기하고, 내 발을 담요로 감싸면서 벚나무를 탐할 만한 존재라면 열매를 먹으려고 나무 꼭대기에 날아들 새들 뿐이라고 이야기할 것이다. 그러나 나는 그에게 모든 것을 있는 그대로 말할 수 있다면 좋겠다. 예컨대, 만일 테라스 하단의 판석 틈 어디서나 자라나고 있고, 소박하고 강인한 (엄마가 몇 해 전 덴마크에서 가져온 씨앗에서 시작된) 접시꽃에 대해서라면 나는 그럴 수 있다. 피터, 우리 다시는 테라스를 개축하지 말아요, 이런 테라스는 온 나라를 뒤져봐도 없어요, 정말 독창적이에요, 하고 말하는 것이다. 하지만 그건 내가 그에게 이야기하고 싶은 방식이 아니다. 또 그것은 그가 듣고 싶어하는 이야기도 아니다.

나는 꽤 오랫동안 엄마 노릇을 해 왔고, 엘렌의 물건들을 볼 때마다 이를 가장 실감한다. 치수가 바뀐 옷, 보다 큰 자전거로 바뀐 자전거. 새 학년도 마찬가지다. 시간은 가지만, 삶은 언제 시작되는 걸까? 나는 비브와 말을 거의 나누지 않는데, 그녀는 항상 너무 바빠서 나와 같이 정원에 앉아있을 틈이 없고, 쉬는 날이면 집을 벗어나기 바쁘다. 나는 그녀가 어디로 가는지 묻기 싫다. 주로 정원과 나뿐이다. 자신에 관해 이야기하고 싶지 않은 사람을 어떻게 사귈까? 나는 다른 사람과 과거에 대한 이야기를 나누면서 생겨나는 친밀함에 익숙하다. 어린 시절의 이야기를 조금 하다가, 연애 이야기를 조금 하다가, 저는 이래요, 당신에겐 어떤 이야기들이 있나요? 그렇지만 나는 비브를 그런 방식으로 대하지 못하겠다. 만약에 내가 운이 좋아서 그녀를 잠시 붙잡아 둘 수 있다면, 그녀가 최근에 본 영화에 대한 분석을 듣거나, 오늘 신문에서 읽은 내용을 두고 이야기할 수는 있겠지만 - 나는 친밀함에 목마른 사냥개인데 - 나와는 딱 거기까지다. 내가 나 스스로에게 가장 혐오감을 느끼는 때는 내가 다른 사람들의 비밀을 유도해서 나와의 유대감을 만들려고 할 때이다.

비브

모든 꽃이 풍성하게 피어나고, 꿀벌들은 평소보다 두 배나 커 보이고, 말벌들도 날아다닌다. 지금 막 이 특대 꿀벌 한 마리가 나와 엘렌의 담요 옆 풀밭에 내려앉았는데, 정말 보통 꿀벌의 두세 배 크기이다. 그 비행 불가능성 때문에, 나는 벌을 신문 위로 기어 올라가게 했다가 관목 쪽으로 옮겨서 높은 데서 놓아 주었고 (잎들이 벌의 무게를 못 이겨서 아슬아슬한데) 거기서부터 벌은 결사적으로 몸을 내던지지만 공중에 머무르지 못하고 잔디 위로 내려앉는다. 우리, 나와 벌은 몇 차례 더 시도하며 신문에 올렸다가 관목 위에서 공중으로 날렸고, 날개는 소리를 냈지만 몸을 띄우지는 못했고, 하지만 적어도 날개가 낙하산 구실은 해서 몸을 부드럽고 안전하게 잔디 위로 내려앉게는 만들었다. 마침내 나는 내버려둔다. 풀잎들 사이에서 기계처럼 미친듯이 경련을 일으키는 존재 하나를.

나는 사춘기 이후로 해보지 못한 생각들에 휩싸인다. 나는 경이로움과 낯섦에 압도되어서, 여기서 이러한 시간의 울타리, 즉 나의 삶에 잠긴 채로 무엇을 하고 있는지, 또는 다른 사람들은 여기서 무엇을 하고 있는지 도무지 이해하지 못한다. 그리고 '삶'과 '세상' 같은 단어들은 나에게 아무런 의미도 없다. 그것이 낯설지 않은 척하면 수월해지고, 그러면 그 꿀벌에 대해 조금쯤 이야기할 수도 있다. 크게 심호흡을 하고 나서, 그 꿀벌이 세상에 부응하지 못하는 내 존재를 바로잡을 수는 없을지 바라본다.

세라

(역시 엄마가 가져온 씨앗에서 비롯된) 일 미터 키의 폭스글러브가 있는 화단을 지나갈 때 그중 하나가 마치 남성의 성기나 어떤 훈장처럼, 사랑하는 사람과 하루 종일 침대에 머물면서 서로에게로 파고들 수 있는, 춤을 같이 추자는 청을 너무 많이 받아서 지치고 행복에 겨워 더 이상 꼼짝도 할 수 없는, 일종의 잊혀진 세상으로부터의 무언가인 것처럼 내 어깨를 때렸다. 창문은 열려 있고, 창밖의 숲 혹은 호수가 안으로 들어와서 당신의 위로 자리 잡고 - 그렇게 푹 쉰다. 그야말로 오래전 일이다.

    번쩍이는 마차를 타고 온 꿀벌 한마리가
    한 송이 장미를 향해 용감하게 돌격 -

엘렌

동네 아이들은 마이어 선생님을 '전투화'라고 부른다. 선생님은 발이 아주 크고, 튼튼한 남자 신발을 신기 때문이다. 남자 신발은 뒷굽이 없어서 실용적이고, 선생님은 굉장히 많이 걷기 때문에 그것은 꼭 필요하다.

비브

그리고 지금 무슨 일이 일어나고 있나 보자. 꿀벌 한 마리가 높다란 접시꽃 위에서 실컷 만찬을 즐긴 뒤 지금 내 허벅지 위에 내려앉았는데, 그 엉덩이는 꽃가루로 노랗고 - 지금 벌은 꽃가루를 털어 내려고 일종의 체조 운동을 하며, 앞다리로 서서 뒷다리를 공중에 흔든다. 그 다음에는 뒷다리로 서서 앞다리로 펜싱을 하는데… 나는 무거운 꽃가루 옷을 입고는 날 수가 없을 것만 같아서 후후 불어주다가 꽃가루가 내 얼굴로 날린다. 벌은 날아오르더니 사라져 버렸다! 어쩌면 내 원피스의 주름 속에 숨었을지도 모른다.

어젯밤 나는 뭔지 모를 혐오스러운 소리에 잠을 깼고 - 처음에는 뭔지 몰랐지만, 곧 그 소리가 내 방에 갇힌 커다란 갈색 나방이 말라가면서 보기에도 약해진 채로 굽도리 아래에서 달가닥거리며 주위를 맴도는 소리임을 깨달았다. 밤 아홉 시경에 불을 켰을 때에야 나는 나방과 처음으로 마주쳤고, 나방은 혼란에 빠진 모습으로 탐욕스럽게 주위를 맴돌고 있었다. 나는 여름 내내 나비를 풀어주는 방법을 익혔다. 나비가 창유리를 허공이라고 믿으며 끊임없이 부딪혀 오면, 유리잔으로 나비를 잡고, 접시로 뚜껑을 삼아서 창유리와 유리잔 윗부분 사이에 접시를 조심스럽게 밀어 넣은 뒤에 - 마침내 '하늘'로의 구조가 이루어진다.

엘렌

이제 우리는 '기다란 가게'에 더이상 못 간다. 누가 우리가 사탕을 몽땅 가져가는 모습을 보았고, 우리는 사탕을 되돌려줘야만 했다. 나는 그릇에 사탕을 다시 부어넣는 사람을 아무도 못 봤기 때문에 그 가게가 사탕을 다 내다버렸다고 생각한다. 심지어 어떤 사탕에는 선생님 가방의 먼지도 묻어 있었다. 그렇다면 왜 그냥 우리가 사탕을 가질 수는 없었던 걸까? 마이어 선생님은 상관없다고 말했고, 우리가 축하할 일이 있기 때문에 어쨌거나 아이스크림을 사줄 생각이었다고 했다. 나는 저녁을 먹을 수가 없었다. 그러나 마이어 선생님은 밤에는 절대 화를 내지 않는데, 밤에는 내가 그냥 자러 가면 되기 때문이다. 마이어 선생님은 자신이 오늘로 정확히 이 년 동안 우리집에서 지냈다는 사실을 축하하는 거라고 말했다. 우리는 함께 우리 모두의 장수와 마이어 선생님이 우리집에서 영원히 함께 살기를 바라며 건배했다.

비브

'헐 하우스'에서다. 날씨는 정말 끔찍했고, 나는 유령처럼 혼자 걸어다니면서 사진을 찍었고, 다른 유령들에 대해 생각하고 있었다. 만일 이곳 헐 하우스에서 기거하고 있지 않았다면, 수프 한 접시와 우유 한 잔과 목욕, 그리고 영어 수업과 일요일 오후 헐 하우스에 대가 없이 자원한 교수들의 여러 흥미로운 주제들에 대한 수준 높은 강연을 듣기 위해서 자신들의 작고 어두컴컴한 방에서 나와 이곳으로 향했던 이민자들 말이다. 강연은 예컨대 1903년의 경우처럼 잉글랜드의 레이크 디스트릭트에 대한 강의나 에우리피데스의 비극《알케스티스》의 낭독이었다. 나는 내 사진을 찍었다. 내가 시간을 통과해 펄럭거리며 날아온 이주민의 유령이 아니라 나의 큰 발로 그곳에 우뚝 서 있었다는 것을 직접 보기 위해서였다.

세라

지금 선생님은, 오늘은 뺨이 포동포동한 친구, 통 잠은 자려 하지 않고 폭식을 일삼는 제 뚱뚱한 여덟 살 딸아이 엘렌에 대해서 듣게 될 거라고 생각하시겠죠, 나는 그의 대기실에 앉아서 이번에는 무슨 이야기로 관심을 끌지 곰곰이 생각하면서, 나의 상담심리사에게 마음속으로 말했지만, 아니에요, 못 들으실 거예요, 다시 저에 대해 들으실 거예요, 저 자신이 뺨이 포동포동한 친구였을 때에 대해서요, 아마도 열 살 무렵이었죠, 라고 나는 그에게 여전히 마음속으로만 말했는데, 최고의 이야기는 비밀로 남겨놓을 텐데요, 예컨대 아주 선명하게 남은 할아버지와의 장면인데, 제가 덴마크에서 할아버지 할머니와 함께 했던 수많았던 방학 중 하나를 보내고 시카고로 돌아가기 직전에 할아버지는 저를 불러 침실로 따라오라고 하셨어요. 저는 무슨 일이 일어날지 아주 잘 알고 있었는데, 그것은 제가 떠나기 전마다 일어났던 일이기 때문이죠. 할아버지는 침실에 있는 붙박이 옷장의 상단 선반에서 갈색 가죽 지갑을 꺼냈는데, 거기(같은 선반)에는 집문서, 통장, 여권 같은 중요한 서류들도 있었어요. 저는 사나운 폭풍이 몰아칠 때마다 이들 중요한 서류들이 선반에서 내려져서, 거실에서 폭풍이 어떻게 지나갈지를 기다리고 있는 우리와 함께 보냈던 숱한 경험을 통해 그 존재를 알고 있었던 것이고 - 우리가 앉은 소파 위로는 어두운 하늘 아래에서 파도를 헤치고 나아가는 거대한 범선을 그린 그림이 한 점 있었는데요 - 우리는 만일 짚을 엮어 만든 지붕에 번개가 내려치면 언제라도 그 서류들을 들고 재빨리 탈출할 준비를 하고 있었는데요, 왜냐하면 오래되고 낡은 벽뿐만 아니라 초가지붕과 낡고 건조한 목재 들보에도 불이 붙기가 쉽기 때문이에요. 이 이야기는 제 마음 속에서 할아버지 할머니가 그 집을 샀을 때 화단과 무엇보다도 야채, 특히 - 말할 필요도 없이 - 중요한 영양 공급원이었던 감자 심을 자리를 마련하려고 정원을 파기 시작했을 때 어마어마한 양의 낡은 옷들을 발견했던 사실과도 연결되는데요, 저는 꽤 일찍감치부터 할아버지 할머니의 커다란 정원 속에 저만의 밭을 가졌고, 거기서 할아버지 할머니와 같은 작물들을 규모만 작게 길렀는데, 따라서 저 역시 감자를 위주로 했지만 대파, 양파, 비트, 완두콩, 딸기도 길렀고, 우리는 매번 식사가 끝날 때마다 제가 기른 채소들이 가장 맛있다고 쉽게 동의했었는데요, 그 채소들은 제가 집으로 가져온, 말하자면 정원의 가장 끝자락에 있는 저의 밭에서 판석이 깔린 길을 따라 제 노란색 손수레에 싣고 멀리 부엌까지 가져온 채소들이었어요. 한번은 당근 뿌리를 뽑은 줄 알았는데 제가 뽑은 게 당근이 아니라 죽은 쥐의 꼬리였던 적도 있어요. 제가 어렸을 때 가장 좋아했던 걸 덧붙이자면, 양식화된 (말하자면 나무를 녹색 공처럼 양식화시킨) 책 표지 하나가 있는데, 그 표지에는 (양식화된 나무들은 물론) 강이며 다양한 색으로 표시된 들판도 있었고, 제가 한번도 질리지 않고 항상 손가락으로 천천히 따라가던, 풍경을 가로질러 꼬불꼬불하게 계속되던 갈색 도로 - 그 끝에 집이 한 채 있었는지는 기억이 안 나지만 - 제가 그 길을 따라가며 즐기던 굽이치는 옥수수밭과 목초지와 흘러 지나가던 강도 새겨져 있었죠. 제 손가락에 꼭 맞는 아주 작은 세상을, 다양한 색상의 면이나 점으로 이루어진 세상을 앉아서 여행한다는 것이란, 우리 할아버지 할머니의 정원에 있는 판석 길을 따라 노란 손수레를 몰고 가는 것과 비슷한 데가 있는 게 맞아요.

이제 저는 현재의 우리 정원, 최근에 저의 뺨이 오동통한 친구가 자기의 작고 슬픈 머리를 불쑥 내밀었던, 제 육백 평짜리 땅으로 돌아가야 해요. 저는 무모하게도 삼십 평 규모의 땅에서 관목과 수풀을 제거해서 이미 큰 잔디밭에 이 자리까지 추가했고, 지금은 이 모든 따분한 갈색 덤불을 걷어내고 난 뒤에 화려한 색상의 관목들로 이웃집까지 이어지는 울타리를 가꾸는 모습을 꿈꿔요. 저는, 혹은 가끔씩 무딘 제 영혼은 밝은색에 중독되어 왔고, 빨강, 노랑, 오렌지색이라는 이유만으로 전혀 무의미한 물건들을 살 뻔한 적이 많아요. 도로에서는 노란 달팽이는 구해 주고, 잿빛 달팽이들은 내버려둔답니다. 우리집 부엌 한쪽 구석의 테라스로 나가는 쪽에는, 튤립, 장미, 양귀비가 그려진 화려한 포스터를 여러 장 걸어 두고, 색깔 세례로 저를 응원하는 거예요.

"음, 위험을 감수하는 작품이 아니군요." 비비안이 포스터를 보고 한 말이에요. '그래요, 비비안, 저건 예술이 아니라 꽃을 그린 포스터예요.'라고 말했거나 말했어야 했죠. 왜냐하면 저는 아무 말도 하지 않았기 때문이에요.

"당신이 저기 걸어놓은 게 뭐지?"라고 퇴근하고 집에 돌아온 피터가 물었을 때 제가 영혼을 따뜻하게 해 줄 수 있는 수단이라고 설명하자 피터는 아무 말도 하지 않았어요. 하지만 저는 그가 이 포스터들은 취향 결핍을 보여준다고 생각한다는 것을 알 수 있었죠. 옷과 침구 사이에 향이 나는 비누를 놓아두었던 일도 덧붙여야겠어요. 그리고 이제 더 이상의 고백은 없겠지만, 제가 어느 정도 개방성에 대한 욕구에 시달리고 있다는 것, 그리고 이 개방성은, 비록 어머니가 제게나 혹은 전혀 모르는 사람에게 쉽게 마음을 열어보일 때 고통스러운 적이 있었다 해도, 어머니에게서 왔다는 것을 언급할 기회는 될 수 있겠네요. 저는 전혀 낯선 사람들에게 전적으로 사적인 일들에 대해 상세히 설명할 일종의 의무같은 것이 제게 있다는, 즉 엄밀히 말하면 그저 저와 관련되었을 뿐인 것에 대해 알려야만 한다는 생각을 갖고 있는 것 같아요. 마치 제가 그들에게 그것을 빚이라도 진 듯이, 마치 그들이 그것을 기대한다는 듯이 말이죠. 사실 그들은 오히려 안 듣고 싶어할 수도 있는데요. 자신의 삶에 관해서는 일절 말이 없는 비비안과 늘상 함께 살면서 저 자신의 이런 면에 더 주의를 기울이게 되었어요. 어머니는 당신의 내면에 있는 이런 욕구를 궁금해 했지만 그렇다고 해도 그것에 맞서 싸울 수는 없었다고 기억하는데요 - 어머니는 다 말해버리는 길을 태연하게 걸어갔고, 저도 분명 마찬가지죠. 어머니는 덴마크에서 태어났어요. 독일에서 백 킬로미터도 채 떨어지지 않은 곳이죠. 어머니의 개방성을 개인적인 심리 현상으로 보는 대신, 전후 독일의 기괴한 침묵을 배경으로 생겨난 이상적인 것으로 볼 수도 있을 거에요. 그건, 굳이 부드럽게 말하자면, 너무 과장이네요. 어머니가 그 이론에는 격렬히 반대할 텐데, 제가 무슨 생각을 하고 있는지 모르겠네요. 어머니는 1945년에 마흔 살이었는데 - 비교적 늦은 편인 그 나이에

갑자기 개방성이 생겼을까요? 아뇨, 제가 기억할 수 있는 한 어머니는 늘 솔직했어요. 개방성은 그냥 가족적인 약점이나 기벽이고, 아무튼 가족적인 특징이에요. 이것을 꾸며대는 것을 계속해서 미안해요. 참고로, 어머니는 제가 '꾸미는' 것을 싫어하셨어요. 그렇지만 어머니가 절대로 또는 여간해서는 이야기하지 않았던 무언가가 있었어요. 그것이 저로 하여금 독일에 대해 생각하게 이끌었어요. 그나저나, 저는 제 머릿속에 독일이 있음을 기꺼이 인정하는데요 - 며칠 전 히틀러에 대한 꿈을 다시 꿨어요. 언젠가 어머니는 - 글쎄요, 엄마가 어떤 형용사를 썼더라, 아마도 '궁금하다'였던 것 같은데요, 가끔 정신병적 증상을 보이는 외할머니와 어머니가 히틀러 치하의 독일에서 살았다면 두 사람은 정신병 때문에 아마 살해당했을 것이라는 생각을 하는 것을 두고, '궁금하다'고 표현했어요. 저는 제가 하는 말을 중요하게 들리게 부풀리거나 더 큰 무게를 얹으려고 역사의 이 끔찍한 부분에 저를 연결하려고 드는 것이 아니라는 점을 분명히 하고 싶어요, 라고 상담심리사에게 마음속으로 말했다.

어쨌거나, 바다처럼 너울거리는 이 황량한 땅을 보니 내 심장이 가슴 속에서 무겁게 내려앉았다. 뿌리만 2톤을 치웠어요, 라고 정원사가 말했다. 이제 나는 땅을 고르고 갈퀴질하고 풀을 심기 전에 직접 바위와 나뭇가지와 남은 뿌리들과 낙엽을 갈퀴로 모아서 없애야 한다. 나는 결심을 굳혔다. 내가 직접 해야만 한다. 그때 나의 뺨이 오동통한 친구가 슬픈 머리를 내밀었다. 일거리가 나를 압도했고, 나는 황야를 마주한 아이처럼 완전히 외롭고 무력한 느낌이 들었다. 내가 시작했던 일은 무모한 일이었던 것이다. 마침내 나는 삽과 갈퀴, 가지치기 가위, 손수레, 장갑을 가져와서 무릎을 꿇고 이 어마어마한, 무릎을 꿇고 올려다보니 그야말로 어마어마했던 양의 흙을 손으로 가려내기 시작했다. 한 주가 꼬박 걸렸다. 그동안 나는 [포크너의]《내가 죽어 누워있을 때》의 주얼을 떠올렸다. 채찍질과 다정하게 속삭이기를 반복할, 말 한 마리를 장만하려고 혼자서 밤에 등불 하나에 기대어 십만 평이 넘는 이웃의 땅을 개간하던 주얼.

삽은 진작에 연장으로서는 너무 둔하다고 내던져두고 송로버섯을 찾는 돼지처럼 나의 비옥한 땅에 굳게 뿌리를 내린 채로 무릎을 꿇고 엎드려서 손으로 흙을 파냈고, 차츰 작업이 진전되면서 이러한 땅 일구기 작업에 완전히 사로잡혔고, 나의 뺨이 오동통한 친구는 그 아이가 속했던 과거로 돌려보낸 것만 같이 느껴졌다.

그리고 할아버지 할머니와 나, 우리가 소파에 앉아있던 동안, 나는 길고 긴 일생과도 같은 밤을 보냈는데, 그건 언제나 밤 폭풍이 최악이고 가장 고약해서 우박이 너무 많이 퍼붓는 바람에 창문이 깨지고, 들에서는 송아지들을 죽이기 때문이고, 그런 밤을 서류들을 보면서 보내면서, 거기에는 두 개의 지갑 말고도 집 문서, 할아버지

할머니의 출생증명서, 결혼증명서, 여권, 또 할아버지와 할머니는 카프리에 다녀온 적이 한번 있기 때문에 리라화일 것이 틀림없을 외국 돈도 있다는 것을 알게 되었다. 그래서 나는 마치 말들을 분리하는 마구간 사이의 벽처럼 지폐들을 분리하는 공간이 있는 갈색 지갑을 알고 있었다. 나에게 이 물건들은 나와 함께 소파에 앉아있는 두 분의 일종의 본질인 것처럼 보였고, 동시에 그 물건들이 들어있던 상자는 만일 집에 불이라도 나면 우리가 구해야 할 집의 심장인 것처럼 여겨졌다. 거기에는 또한 잠금쇠가 달린 더 작고 낡은 지갑도 있었다. 그 지갑은 검은빛이었고 우유 배달부가 목에 걸고 다니던 지갑이나 기차 검표원이 허리춤에 차고 다니던 지갑과 비슷했는데, 이 지갑은 더 작았지만, 색깔은 비슷했고, 동전을 담아두는 데 쓰였다. 할아버지가 선반에서 꺼낸 것은 그 동전 지갑이 아니었다. 할아버지가 손가락을 집어넣어 지폐 한 장을 꺼내는 동안 나는 이에 걸맞을 만한 기쁨과 감사의 표정을 지었다. "할아버지, 정말 고맙습니다."라고 나는 말했다. "이제 아껴 쓰거라. 통장에 넣어 둬. 저축하는 법을 배워야지. 그리고 할머니한테는 말하지 말거라."라고 할아버지가 말씀하셨다. "네, 안 할게요."라고 나는 힘껏 외친다. 조금 전, 나는 할머니와 거실이나 부엌에서 비슷한 일을 거쳤는데, 그 자리에서 할머니는 몸(할머니는 정말 건장하신 분이다) 어딘가에서 지폐를 한 장 꺼냈다. 내가 어렸을 때, 할머니는 주저 없이 침을 손수건에 뱉고는 내 얼굴에 굳은 채 묻어있던 초콜릿이

나 그 비슷한 류의 얼룩을 닦아주셨고, 때문에 나는 우리가 제아무리 좋은 옷을 입고 있더라도 동물의 왕국에 속한다는 인상을 받았다. 하지만 지금의 나는, 당시에는 브래지어라고 불렸던 것에서 할머니가 지폐를 꺼냈다는 것이 믿기지 않는데, 아마도 앞치마 주머니에서 꺼내셨던 것 같고 - 오랜 세월이 지난 지금에도 나는 할머니의 몸을 속속들이 기억한다. 우윳빛이 났고 - 무척 고우셨지, 라고 할머니가 세상을 떠났을 때 장례식을 위해 씻기고 수의를 입혀드렸던 엄마가 말했는데, 엄마가 할머니에게 무슨 옷을 입혀드렸는지는 모르겠지만, 나는 엄마가 자기 어머니의 몸을 씻겨드림으로써 엄마는 자신이 할 수 있는 것보다 더 많은 것, 즉 햇빛을 본 적이 전혀 없어서 희고 부드러운, 그녀가 평생 아주 끔찍하게 싸웠던, 지금은 사라져버린 어머니의 마음이 담겨 있었던 어머니의 몸과 씨름하는 것을 스스로에게 요구했다는 것을 알고 있다.

"할아버지한테는 말하지 말거라." 할머니는 사랑스러운 표정으로 나에게 지폐를 건네면서 말씀하셨다.

(꼭 할머니가 생일 케이크에 조개 모양으로 가장자리를 장식하고 케이크 위에 축하 메시지를 적을 때 휘핑크림을 채우는, 끝에 작은 깔때기가 달린 짤주머니처럼, 할머니 팔 위로 빈 짤주머니가 끈적끈적 늘어질 때까지 마지막 남은 휘핑크림을 짤 때처럼, 나는 지금 바로 그렇게 내 기억이 텅 빌 때까지 그들에 대한 기억을 마지막까지 짜내고 싶다. 그게 나에게 가능하기만 하다면.)

그리고 바로 오늘까지도 나는 할머니가 "할아버지에게는 말하지 말거라."라고 하셨던 것을 할아버지가 그렇게도 검소하셨기 때문이라고, 할머니는 당신이 5크로네 지폐를 내게 주셨다는 사실을 알고 할아버지가 내게 화를 내지 않게 하시려던 것이라고 생각하고 있었다. (그나저나 할아버지가 주신 것도 5크로네 지폐였다.) 상담심리 대기실에 앉아있는 지금에 와서야, 나는 할머니가 침실에 지갑을 둔 할아버지만의 의식을 알고 있었고, 이 작은 의식으로 특별한 일을 했다고 생각하는 할아버지의 즐거움을 망치지 않으려고 했다는 것을 깨닫는다. 할머니가 나에게 돈을 준 사실을 할아버지에게 숨기려고 한 것은 따라서 할아버지를 향한 선의 때문이었고, 내가 지금까지 생각해 왔던 것처럼, 할아버지의 검소함을 감안해 역정내실 것을 염려해서가 아니었다는 것인데, 왜냐하면 두 분은 오랫동안 개와 고양이처럼 다투기도 했지만, 그건 낮으로 한정되었고, 두 분은 밤에는 화해를 하셨고, 두 분 사이에서는 밤마다 화해하는 일에 관해서 부부싸움 위로 해가 지게 해서는 안 된다는 합의가 지켜졌으며, 혹 이것이 침대 위로 밤이 칠흑같이 내려앉을 때까지로 늘어나거나 이어지더라도 매일 밤 그런 다음에야 손을 잡고 잠드셨다. 내가 이것을 알고 있는 것은, 내가 여덟 살 혹은 아홉 살 때까지 방학을 두 분과 함께 보냈고, 두 분 사이에서 잠을 잤으며, 두 분의 꼭 잡은 손이 내 위에, 더 정확하게는 내가 덮은 이불 위에 있었기 때문이다.

만일 대기실에서 이렇게 많은 깨달음에 도달한다면, 상담심리사가 있는 안(그것을 무엇이라고 불러야 할까? 상담실?)으로 들어설 때는 어떤 통찰들이 나를 기다리고 있는 것일까라는 생각이 들었다. 아마도 악마는 디테일에 있다고들 하듯, 통찰은 오히려 대기실에서 발견되는 것일까.

내레이터

우리가 입을 벌리면… 우리가 나옵니다. 이것에 대한 장면 하나가 있는데, 아마도 그런 목적은 아닐 테지만, 2014년 코펜하겐의 포럼에서 열린 마일리 사이러스의 공연 오프닝을 유튜브로 보면, 우선 거대한 마일리 사이러스의 입체적인 얼굴이 나타난 뒤에 이 거대한 마일리가 입을 벌리니까 빨간 미끄럼판이 내려집니다. 잠시 뒤, 진짜 마일리 사이러스가 자기 입의 거대한 모형에서 미끄러져 내려와 힘차게 무대 위로 뛰어 내림으로써, 스스로에게서 대어난다는 단성 생식을 상징했고, 이로써 상상할 수 있는 가장 과도한 성행위가 생겨났고 - 그녀는 태어나자마자 자신을 재생산하려는 욕망에 대한 모든 상징들을 선보입니다. (그와 같은 등장은 비슷한 규모의 퇴장을 요구하며, 몇 시간 후, 마일리 사이러스는 빨간 핫도그를 타고 무대를 떠나는데 - 이는 안젤라 카터의 마술 서커스나 콩 소령의 유명한, 폭탄에 올라타는 장면처럼 들립니다.) 그러나 그것과는 무관합니다. 우리가 입을 열면 우리가 나옵니다. 바로 그것이 저를 지치게 만들었고, 적어도 한동안은 저를 말이 없는 사진들의 품으로 이끌었습니다.

엘렌
나는 절대로 아이를 낳지 않을 거다. 아이는 그저 골칫거리일 뿐인 것 같다. 나는 마이어 선생님과 같이 뉴욕에 가야 하는데, 선생님에게는 처리해야 할 일이 있다. 엄마와 아빠는 일주일 동안 여행을 떠나면서 나를 데려가고 싶어하지 않았다. 나는 아빠 엄마가 차고에서 입을 맞추는 모습을 보았고, 아빠 엄마는 이번 여행을 '사랑의 여행'이라고, 서로를 '내 사랑'라고 불렀다. 그러나 우선 우리는 꽃을 꺾어야 한다. 마이어 선생님은 진입로나 길에 세워놓은 차 뒤에 숨는데, 때때로 선생님의 몸이 조금 튀어나온다. 나는 이 모든 꽃들을 내 손만으로는 감당할 수가 없어서 선생님한테 건네주러 왔다갔다 한다. 한 정원에서 오렌지색 장미 한 송이를 떨어뜨렸는데 그 집에는 오렌지색 장미를 키우지 않기 때문에, 곧 누군가는, 누가 여기에 오렌지색 장미를 두고 갔을까? 나를 위해서, 이렇게 정원에 난 길 한가운데에? 내 사랑일까? 하고 생각할 테다. 이제는 커다란 꽃다발이 만들어졌다. 마이어 선생님은 가위를 가지고 있고, 끝을 가지런히 맞추어 길게 자르는데, 걸어가면서 이것을 한다. 이제 선생님은 젖은 신문지로 꽃들을 감싼다. 기차에서는 선생님의 어깨에 머리를 기대고 잘 수 있게 허락받았다. 선생님은 선로에서 일하는 남자들을 가리키며, 내가 암송해야 한다고 생각하는 시 한 편을 떠올린다. 그것은 열차에 관한 시다.

> **남유럽인** 노동자가 철도 선로 옆에 앉아서
> 빵과 볼로냐소시지로 점심을 먹네
> 질주하며 지나가는 열차에서 탁자를 차지한 남녀들,
> 빨간 장미와 샛노란 종려꽃으로 화사해
> 갈색 육즙이 흐르는 스테이크와
> 딸기와 생크림, 에클레르와 커피.
> 남유럽인 노동자는 마른 빵에 볼로냐소시지로 점심을 먹네.
> 물 나르는 소년이 떠 주는 물 한 국자 꿀꺽 삼키고,
> 하루 열 시간 노동의 후반부로 돌아가네.
> 도로를 매끈히 다듬어 장미와 종려꽃이
> 흔들림 없이 크리스탈 화병 속에 담겨
> 식당차 탁자 위에 멋들어지게 서 있게.

우리 꽃은 젖은 신문지에 감싸여 있고, 우리는 갈색 나무 패널이 붙여진 벽과 새하얀 식탁보가 놓인 식당차에서 생선 요리를 먹는데, 식탁보보다 더 새하얀 소매 아래로 웨이터의 검은 손이 보인다. 마

이어 선생님은 아이스 커피를 마시고 있다. 선생님은 그것을 아주 좋아한다. 나에게 찻숟가락으로 몇 모금을 준다. 선생님은 '제2의 엄마'이다. 선생님은 지난겨울에 해변에서 일광욕 의자 세 개가 비어 있는 광경을 보고 찍은 사진 한 장을 설명해 준다. 선생님은 그 의자들에 다가가서 눈 사람 하나씩을 올려 놓는다. 그런 뒤, 자기가 있었던 테라스로 올라가서 그 풍경을 찍는다. 나한테는 눈썰매가 있었다. 나는 냅킨들을 그 일광욕 의자들처럼 배열하고, 내 손가락들은 마이어 선생님의 긴 다리처럼 그 주위를 돌아다녔다.

우리는 열차를 여러 번 갈아탔고, 우리가 세인트메리 공원을 지나갈 무렵에는 새날이 밝았다. 이 공원이 마이어 선생님이 어렸을 때, 선생님과 어머니가 공원 맞은편에 살던 오빠와 아버지를 찾아갈 때 관통했던 공원이다. 아버지도 아들도 이름이 찰스였다. 그들은 아파트가 너무 작아서 두 집으로 나뉘어 살았다. 이제 우리는 계단으로 들어간다. 계단에서는 달콤한 통조림과 완두콩과 파인애플 냄새가 난다. 현관문 손잡이가 움직이자, 맞은편에서 종이 울린다. 거기에는 자물쇠가 많은 것 같고, 종은 계속 울려댄다. 문이 열린다. 아주머니가 꽃을 받고 돌아서서 어둠 속을 향해 걸어 들어간다. 우리는 지금 떠나야 했는지도 모른다. 우리는 떠나지 않는다, 우리는 아주머니를 따라가야 하지만, 먼저 나는 노란 끈에 묶여 문손잡이에 매달려 있는 종들을 만져본다. 마이어 선생님은 그 종들이 아주머니의 개들이라고 말했는데 - 만일 누가 들어오려고 하면 짖는 다는 것이다. 아주머니는 프랑스 사람이다. 아주머니는 내가 앉을 의자를 가리킨다. 아주머니는 나에게는 나의 말로, 마이어 선생님에게는 자신의 말로 이야기한다. 파란 드레스를 통해 아주머니의 뼈가 보인다. 나는 이제 집에 가고 싶다. 곧 나는 빨간 가루가 담긴 컵을 받았고, 마이어 선생님이 그 위에 물을 붓고 나에게 숟가락을 준다. 거품이 나는데, 라즈베리 맛이다. 마이어 선생님은 아파트의 어딘가 다른 곳에서 처리해야 할 일이 있다. 아주머니와 혼자만 있고 싶지는 않다. 나는 울지 않으려고 오래오래 노력했다.

"비비안은 어렸을 때 울면 달랠 길이 없었단다." 아주머니는 나의 말로 말했다. "너도 그러니?"

눈물이 내 무릎에 떨어진다. 내가 눈물을 턱까지 참고 있었기 때문이다.

"몸이 완전히 굳어버리고 말지." 아주머니는 말했다. "내가 그 아이에게 말한단다. '내가 도와줄게.' 비비안이 뭐라고 대답했을까? 네 살이었거든. 이렇게 대답했어. '못 하실 걸요.' 그 말이 엄마에게는 어떤 느낌이겠니?"

마이어 선생님이 돌아와서 내가 울고 있으니까 아주머니에게 그만 하라고 말한다. 나는 운다. 선생님은 손수건을 건네주며 아주 깨끗하다고 말한다. 나는 손수건이 깨끗하다고 생각하지 않지만, 울어서 목과 머리가 아프고, 울음을 멈추고 싶다. 선생님은 아주머니에게 우리 말로, 이제부터 프랑스어를 쓰지 말자고, 프랑스어로는 모든 게 잘못된다고, 미국말이 더 차분한 언어라고 말한다. 선생님은 우리가 거기서 하룻밤을 보낼 거라고 말하고, 그러자 눈물은 다시 쏟아져 나온다. 마이어 선생님이 탁자 위의 꽃병에 담겨 있는 꽃을 가리키며 말한다. "엘렌이 골랐어요. 어제는 더 예뻤어요."

"꽃들이 긴 여행을 왔구나. 꽃이 조금 시들었구나. 지친 거야. 아마도 밤새 기운을 차릴 거야." 아주머니가 말한다.

하지만 절대로 밤이 되어서는 안 된다.

우리는 부엌에서 저녁을 먹었는데, 찬장에는 문 대신 커튼이 달려 있어서 그 안에서 일어나는 일을 볼 수가 없었고, 커튼의 윗쪽에는 주름이 잡혀 있었다. 수도관에 칠해진 페인트가 벗겨지고 있다. 다른 집에서는 거친 소리가 들려온다. 우리는 정말 조용하다. 마이어 선생님이 내 접시에 담긴 고기를 자기 포크로 가리키면서 말한다. "곧 네가 먹고 있는 것이 어디에서 오는지 꼭 보여줄게." 그러자 아주머니가 나에게 말한다. "비비안은 한번도 현실을 제대로 파악할 수가 없었어." 나는 아주머니가 마이어 선생님에 대한 이 모든 것을 어떻게 아는지 모른다. 나는 이들 두 사람이 '오토만'이라고 부르는, 검은 얼룩이 묻은 노란 침대에서 자야 한다. 마이어 선생님은 거실로 향한 문을 살짝 열어두었지만 나는 무서워서 눈을 감을 수가 없다. 나는 속옷 차림으로 자야 한다. 한 사람이 큰 소리로 말하자, 다른 사람이 쉿, 하고 말한다. 두 사람은, 아주머니의 이름을 따랬고, 아마도 날씨가 더워서 삶이 조금은 덜 힘들 멀리 플로리다에서 노숙을 하고 있을 찰스에 대해서 이야기하고 있었다. 마이어 선생님은 어렸을 적에 비가 올 때 찰스가 천국(선생님이 정말 그 말을 했나?)에서 죽은 사람들이 떨어질까봐 두려워했다고 말하는데, 왜냐하면 그는 풀이 물에 어떻게 녹는지를 봤기 때문이었다.

"오빠, 말도 안 돼, 우리가 죽으면 우리는 완전히 사라져. 안 그러면 다음 무리들이 어떻게 들어서겠어? 라고 내가 말했죠." 마이어 선생님이 말했다. 지금 두 사람은 웃어댄다.

"그리고 처음으로 함석 대야에 그 아이를 목욕시켰을 때 그 애는 물이 검다고 생각해서 소리를 질렀단다." 프랑스 아주머니가 말했다.

아주머니는 찰스를 흉내냈다. "까만 물에서 목욕하기 싫어 까만 물에서 목욕하기 싫어"라며 매정하게 깔깔거린다.

결국 나는 노란 끈을 갖는 것을 허락 받았다. 좋은 문손잡이에서 풀릴 때마다 아니, 아니, 아니, 외치고, 가장 작은 종은 작고 가는 소리를, 엄마 종은 황금빛 소리를 내는데 - 엄마 종의 혀는 천천히 몸통을 때린다. 지금 마이어 선생님은 엽서로 만들어진, 샹소르에서 찍은 자기의 걸작 사진들에 대해 이야기를 하고 있는데, 프랑스 아주머니는 자신이 다시는 그곳으로 돌아가지 않을 거라는 걸 알고 있다며, 자신의 롤라이를 그곳에 남겨두고 와서 아깝다고 말한다. 그러나 한편으로는 상관없다고, 모든 것에 제각각의 시간이 있기 때문이라고 말한다. 이제 문 반대편에서는 단어들이 뒤죽박죽 들려오기 시작하고, 나는 아무것도 알아듣지 못하는데, 그것은 프랑스 말이고, 나는 모든 게 잘못될까 봐 두렵고, 우리가 영원히 못 떠나게 될까 봐 두렵다. 마이어 선생님은 내가 종을 보고 있어야 한다고 자꾸 말하고, 나도 그러고 있지만, 이제는 종이 싫다. 종은 차고 딱딱한 치마이고 안에 있는 진짜 몸도 헛바닥이다. 이제 프랑스 아주머니가 한 손에 촛불을 들고 온다. 아주머니는 만약 나를 위로할 수 없다면, 화를 낼 거다.

아침이 되자 두 사람은 내가 소리를 지르고 나서 기절했다는 이야기를 들려준다. 그러나 상관없다. 왜냐하면 우리는 이제 집에 돌아갈 거고, 나를 데려온 것은 정말 바보같은 일이었기 때문이다.

집으로 가는 기차 안에서 마이어 선생님은 내가 나 자신을 사랑하는 것을 배워야 한다고 말했다. 왜냐하면 나를 좋아하는 다른 사람이 항상 있을지가 확실하지 않기 때문이라고 했다. 나는 그 말을 믿지 않지만, 선생님은 고개를 끄덕이며 그렇다고 말했다. 그렇다면 그걸 어떻게 하는 거예요? 선생님은 우리 모두 자기 안에서 자기가 좋아할 수 있는 무언가를 찾아낼 수 있다고 말한다. 선생님은 내가 눈을 감고 그것을 찾아내야 한다고 말한다. 그러나 그것이 무엇인지는 선생님에게 이야기하지 말아야 한다. 찾았니? 찾았어요. (그러나 고를 게 정말 많았다.) 그 다음에 선생님은 내가 무언가의 끝을 잡고 있는 척해야 한다고, 그것을 당겨야 한다고 말했다. 내가 더 많이 당길수록, 더 많이 풀리고, 마지막에는 그것이 나를 완전히 뒤덮어, 그걸 하는 거야, 좋지 않겠니? 이제 네가 좋아하는 것이 모든 것을 가득 채울 거야, 눈을 감고 앉아서 그걸 즐겨 봐, 라고 선생님은 말한다. 나는 선생님이 나한테 방해받지 않고 기차에 탄 사람들의 사진을 찍으려고 그런 것 같다.

마리아
사람이 늙으면 백발로 만들어진 강철 헬멧과 나이라는 방패에다, 우리가 찔러댈 다른 사람들의 양심의 가책이나 죄책감만 남는다. 그러나 비비안은 면역이 되어있다. 비비안은 거의 모든 것에 면역이 되어있다.

나와는 하나도 안 닮은 자식을 낳았다. 그 아이는 갈망이 뭔지를 모른다. 어렸을 때(그래, 이제는 어리지가 않지.) 비비안은 절대로 파티는 떠나지 않은 채로, 방에 들어 앉아서 머리를 손으로 감싸고 바닥에 앉아있었는데, 그 아이는 다른 사람에게로 다시 돌아가기 위해서는 잠시 안정을 취하고 싶은 마음이 그렇게도 간절했던 게 분명한 것이다. 그 아이는 다른 사람에게서 오는 변화나 구원을 바란

적이 한 번도 없었다. 그렇다면 갈망할 게 뭐가 있을까? 정말 강렬히 갈망하는 것 말이다. 하루 일과가 끝났으면 하는 바램이나, 나에게는 전혀 현실적으로 보이지 않는 마천루들이 줄지어 서 있는 음울한 환경을 벗어나 샹소로 돌아가고 싶다는 바램 같은 걸 의미하는 것이 아니다.

오래도록 아무도 나를 만져주지 않았고, 앞으로도 아무도 그럴 사람이 없을 것이 뻔하다. 나의 죽은 육신이 씻길 때가 아니라면 말이다. 모쪼록 부드러운 손길이어야 할 텐데.

가끔씩 나의 목과 뺨을 손가락으로 마치 깃털마냥 부드럽게 매만진다. 그리고 내 속눈썹에 신경이 있다는 사실을 발견했다. 오늘은 검정 마스카라를 칠했는데, 마스카라 브러시가, 그렇다, 그것이 속눈썹이 눈꺼풀과 만나는 가장 안쪽을 간지럽혀서, 비비안이 어렸을 때 머리카락에도 암이 생길 수 있는지 묻던 게 떠올랐다. 그 어떤 풍성함도 과거에 있었던 (그리고 있는) 풍성함을 대체하지 못한다.

비브

기차에서 둘 다 결국 잠에 굴복하고 말게 되면, 서로의 손을 잡고 서로의 어깨에 기대어 잠이 들거나 꾸벅꾸벅 조는 머리를 서로 받쳐주는 커플들, 그 모든 커플들. 나는 왜 사람들이 기차에서 잠을 자는 자신을 무방비로 노출시키는지 이해하지 못한다. 나는 딱 한 번 그런 일이 있었는데, 턱까지 침을 흘리면서 깨어났다. 나는 언제나 가방에 담긴 뼈다귀같은 말라깽이였고 아무도 나를 공주님이라고 부를 생각을 하지 않았고, 나 자신도 엘렌이나 내가 돌봤던 아이들 중 누군가를 그렇게 부를 생각을 못 했다. 아무도 내게 다가와 나를 멈춰 세우지 않을 터이고, 아무도 내 인생을 훔쳐가지 않을 터이다. 비록 늙어서 기댈 사람이 없다면 어떻게 될지는 궁금하지만, 어차피 아무런 보장은 없다. 그저 인생의 커다란 바퀴에서 굴러떨어지지 않아야 한다. 그것 말고는 없다. 나는 내 인생에 단 한 번도 내가 가까이 하고 싶었던 손길을 본 적이 없다.

고등학교 남학생들이 점심시간에 나와서 샌드위치를 사더니, 가게에서 나오는 길에 이미 먹기 시작한다. 어제 그들의 사진을 찍으면서, 나는 소녀 시절에도 어딘가에 나의 짝이 있을지 궁금한 적이 없다는 생각이 들었다. 칼 오빠에게 여자친구가 있었다고는 생각하지 않지만, 내가 모르게 있었을 수도 물론 있다. 오빠가 여자친구를 집에 데려와서 어머니나 아버지에게 보여주었을 리는 없기 때문이다. 하지만 내 생각엔 없었던 것 같다. 처음에는 친구들과 어울리더니, 속임수에, 수표 사기에, 소년원에, 교도소에, 여섯 가지나 되는 약물 중독에, 그러더니 정신병원에, 그리고 오빠는 가 버렸다.

세라

"세라, 세라!" 그녀가 정원에서부터 소리를 지르기 시작했고, 나는 엘렌에게 무슨 일이 일어났다는 생각에 정원으로 뛰어나갔지만, 천만다행히 아무 일도 없었다. 비브가 기차에서 갓 일어났던 일로 화가 나 있었던 것인데, 창문 사이로 쳐놓은 줄에 빨래가 널려 있는 아파트 단지를 지나가다가 엘렌이 "마이어 선생님, 보세요, 저 사람들은 야외 옷장이 있어요."라고 했던 것이다. 엘렌은 옷을 널어서 말리는 것을 본 적이 없다. "엘렌! 모든 사람이 네 어머니처럼 세탁기와 건조기를 가지고 있지는 않아. 어떤 사람들은 옷을 대야에 빨아서 줄에 널어 말린단다."라고 말했다..

그리고 집에 돌아와서 "세라, 세라, 엘렌이 대다수의 사람들이 어떻게 사는지 모른다는 건 수치스러운 일이에요."라고 했던 것이다.

그녀는 거기서 그냥 그칠 수가 없었다. "이건 수치예요, 수치라구요!" 그녀는 블랙커런트를 따느라고 서 있는 동안 계속해서 같은 말을 반복했고, 너무 화가 나서 불쌍한 나뭇가지를 마구 뜯어대길래, 나는 그녀가 나무를 뿌리째 뽑을까 겁이 났다. 그녀가 '부자들의 게토'라는 표현을 썼을 때는 그녀에게 다가가 내 손을 그녀의 어깨에 얹고는 이제 그만하라고, 지나치다고, 열매를 으깨지 말아달라고 말했다.

엘렌

나에게는 잡동사니로 가득한 조그만 상점에서 산 유리 동물 수백 개가 있다. 마이어 선생님도 그곳에서 물건을 산다. 선생님도 나처럼 작은 물건들을 좋아한다. 주문한 물건이 들어올 때 전화로 알려 줄 연락처를 남겨야 하자, 선생님은 전화가 없다고 말한다. 선생님은 우리 전화를 빌려 쓸 수 있는데. 그러나 상점에서는 장부에 적어 넣을 이름은 받아야 한다고 말한다. "그러면 브이 스미스로 써 두세요." 라고 선생님은 말한다. 우리가 밖으로 나왔을 때, 선생님이 말했다. "만나는 사람들 아무에게나 네가 누구인지를 말해서는 안 되는 거야. 기억해 둬."

내레이터

비비안은 정말로 혼자만 있고 싶을 때, 자신을 브이 스미스라고 부릅니다.

    모두가(모든 종류의 행정 기관이) 서류에 그녀의 이름을 잘못 쓰고, 철자를 다르게 적습니다. Von Meier, Maier, V. Meier, Meyer. 따라서, 비비안이 자신의 이름을 이런 방식으로 쓸 때도 있고, 저런 방식으로 쓸 때도 있다고 들으셨다면, 그 시작은 행정 기관들이었다고, 그들이 그와 같은 행동에 영감을 주었던 것이라고 제가 잠시 참견을 하겠습니다.

프랑스를 떠나면서 딱 한 번, 비비안은 '비비엔'이 되었고, 몇 번은 '비방'이 되었습니다.

엘렌

마이어 선생님은 유리 동물 인형들이 비위생적이라고, 세척을 해야 한다고 생각한다고 두 번 말한다. 인형들은 내 방 창턱에 서 있고, 유니콘이 그중 우두머리다. 유니콘을 웃게 만들고 결심을 바꿀 수 있게 만드는 유일한 존재는 곰이다. 사슴은 그저 그들이 시키는 대로 한다. 오후에 선생님은 물이 담긴 그릇과 무슨 병을 들고 들어온다. 그것이 무엇일까? 그것은 암모니아 용액이다. 선생님은 병마개를 빼고 내용물을 그릇에 부어 넣는다. 그런 뒤 그릇을 창턱에 대더니 유리 동물 인형들을 그 안으로 쓸어 담는다. 선생님은 고무장갑을 끼고 있고, 인형들을 휘휘 휘젓는다. 동물들이 부딪히며 쨍그랑거린다. 나는 인형들이 서로 닿는 것을 못 견뎌 한다는 것을 안다. 인형들을 학교에 데려갈 때는 솜에 말아서, 마구간에서와 똑같이 각자의 공간이 있는 초콜릿 상자에 넣는다. 이제 어떤 다리가 누구 것인지 알 수가 없다. 마이어 선생님은 인형들은 아프며, 그래서 누워 있다고 생각하고 놀 수 있다고 말한다. 나는 다리들만 따로 모아서 구석으로 밀어 놓는다. 마이어 선생님은 내 침대에 앉더니, 여기 시카고의 도축장들이 한때 얼마나 비위생적이었는지에 대한 이야기를 읽어주고 싶다고 말한다.

'그들[고기 통조림 회사들]은 통조림으로 만들 늙고, 장애가 있고, 병든 소들을 찾아다니는 대행사를 전국에 두고 있는 듯했다. 양조장에서 폐기된 '위스키 맥아'를 받아서 먹인 소들은 소위 - 종기로 뒤덮였다는 뜻인 - '강철'로 불리는 소가 되었다. 이런 소를 잡는 것은 역겨운 일이었다. 왜냐하면 소에 칼을 찔러 넣었을 때 종기가 터져서 악취가 나는 물질이 얼굴에 튀었기 때문인데, 소매는 피로 더러워졌고 손은 피로 뒤덮여 있었는데, 그러면 어떻게 얼굴을 닦거나 눈을 닦아내겠는가? 그들[공장주들]은 자기들이 먹여 기르는 소들에서 발생하는 결핵을 환영했는데, 왜냐하면 그로 인해 소들이 더 빨리 살쪘기 때문… 그들[도축장 노동자들]은 손톱이 없었는데 - 가죽을 벗기느라 손톱이 닳아버렸기 때문이고, 이들의 손마디는 너무 부어서 손가락을 마치 부채처럼 펴야 했다. 조리실에는 인공조명 아래로 증기와 역겨운 냄새의 한가운데에서 일하는 남자들이 있었고, 결핵균은 이와 같은 시설에서는 2년까지 살 수 있었는데, 매시간 새로운 균 공급이 이루어졌다. 그러나 최악은 비료를 만드는 사람들과 조리 시설에서 일하는 사람들이었다. 이들은 방문자들에게는 모습을 보여서는 안 되었는데 - 왜냐하면 비료를 만드는 사람 한 명에게서 나는 악취가 백 미터 거리의 평범한 방문자 누구라도 놀라게 만들 정도였기 때문이었고, 또한 나머지 사람들의 경우는 증기로 가득한 화학 물질 저장고에서 일을 했는데, 그중 일부에는 바닥 높이에서 열려있는 통들이 있었고 흔히들 통에 빠진다는 문제가 있었으며, 그들을 건져올렸을 때는 알아보기 힘들 만큼 손상되어 있었고 - 때로는 며칠 동안 사람이 빠진 줄도 모르고 있다가 뼈만을 제외한 모든 것이 '더럼'사의 '퓨어 리프 라드' 상품으로 세상에 나오기도 했다!)'

선생님은 다 읽고 나서 "분명히 암모니아 용액을 쓸 수가 있었는데 말이야."라고 말했고, 그런 다음 자신의 롤라이로, 창턱에 사악한 손 같은 모습으로 놓인 고무장갑을 찍는데, (마이어 선생님은 고무장갑이 무기력해 보인다고 말했고) 또한 이제 우리는 도축장을 보러 갈 것이며, 그들은 곧 문을 닫을 것이고, 그 전에 내가 봐야만 한다고 덧붙인다. 하지만 선생님은 먼저 항공 사진을 한 장 보여주었고, 나는 도축장들이 엄청나게 큰 지역을 얼마나 차지하고 있는지 볼 수 있었다. 선생님은 그것을 동물들의 강제 수용소라고 부르면서, 그러나 그보다 더 열악한 것은 물론 그곳에서 일하는 사람들을 위한 시설이라고 말한다. 나는 최대한 천천히 버스로 걸어갔는데, 선생님이 아마도 내가 너무 피곤하다고, 그래서 다른 날까지 기다려야겠다고 말해 주기를 바랐기 때문이었다.

우리는 안에는 들어가지 않을 것이다. 그곳은 출입이 허용되지 않는다. 나는 그것을 몰랐다. 그렇지만 그래서 기쁘다. 우리는 도축될 동물들이 있는 우리들을 보며 서 있는데, 각각의 우리는 크고, 굉장히 많으며, 우리 하나하나마다 많은 동물이 있다. 그리고 한때는 시카고 대신 '포코폴리스Porkopolis'라고 불렸을 정도로 많은 돼지가 그곳에서 도축된다. 그리고 많은 소가 도축되고, 엄청난 수의 닭이 도축되고, 말도 도축된다. 잠시 뒤면, 그곳에 서 있던 양들은 더는 제 다리로 서 있을 수 없고 누워야만 하게 된다. 양들의 몸은 조각조각 토막나고, 다양한 부위로 분류되어 고기 더미로 놓인다. 허벅지를 뺀 다리의 대부분은 먹을 수 없다.

양 한 마리가 이미 누워 있고, 다른 양들이 그 위를 짓누른다. 나는 그 양을 보고, 마이어 선생님은 그 양을 찍는다.

이제 끝났고, 생각했던 것만큼 나쁘지는 않았다. 양은 죽었다. 내가 보고 있는 동안 죽었다. 그리고 나는 이곳 철창 건너편에 서 있다.

우리가 집으로 돌아올 시간이 되자, 마이어 선생님은 이번 기회에 히치하이크를 가르쳐 주고 싶다고 말한다. 그것이 유용하다고. 그러나 나는 버스를 타고 싶다. 그러나 안 된다. 그래서 길가에 서서 엄지를 흔드는데, 그것은 지그로 대구를 낚시할 때와 같은 동작이지만 아래위가 아니라 옆으로 흔든다. 운이 없어서 결국 버스를 타는 것으로 마무리되었지만 우리는 다른 날에 다시 시도할 것이다.

엘렌

나는 부끄럽다. 너무나도 부끄러운 나머지 마이어 선생님을 두려워하기를 멈추고 그녀의 소매를 붙잡고 말한다. "안 돼요, 그래서는 안 돼요. 마이어 선생님, 이젠 그만 하세요."

    마이어 선생님은 어떤 가난하고 미친 사람으로부터 조금 떨어진 곳에 서서 허락도 구하지 않고 바로 얼굴 앞에서 사진을 찍는다. 왜냐하면 선생님은 항상 허락을 구하지 않기 때문이다. 선생님은 인정사정없는 롤라이를 들고 남들에게 억지로 비집고 들어가며, 사람들이 싫어하면 그냥 웃거나 어깨를 으쓱하면서 자리를 떠나거나 사진을 한 장 더 찍는다. 선생님은 왜 저 사람이 정신이 나갔다는 것을 누군가에게 보여주고 싶을까? 선생님은 언제나 가난한 사람들의 편에 있으면서 왜 저 사람의 가난을 보여주려 할까? 왜 저 사람을 가만히 앉아서 조용히 자기가 정신이 나갔고 가난하다는 것을 부끄러워하게 둘 수는 없을까?

비브

우리가 식사를 마치고 나서 내가 설거지를 하고 세라가 그릇들을 닦아 둘 때면, 가끔 부부는 나에게 테라스에서 같이 술 한 잔을 하겠냐고 묻는다. 나는 술을 마시지 않는다. 그러나 나는 그들과 같이 시간을 보낸다. 그들은 서로 손을 잡기도 한다. 부부는 자유로운 편이라 내가 함께 있어도 서로 손을 잡고 있다. 나는 그것을 무언가를 배울 수 있는 기회로 여긴다. "진짜 한 잔 안 하실래요?" 하고 내 쪽으로 병을 내밀며 피터가 재차 묻는다. 이보다 더 진짜일 수는 없다. 첫째로, 급여를 받는 토요일 오후에 남자들이 어떻게 되는지 나는 알고 있다. 둘째로, 나는 제어력을 잃지 않을 것이며, 나와 다른 사람이 되지 않을 것이다.

우리는 다양한 이웃 지역들에 대해서, 시간이 지나면서 주민들이 어떻게 바뀌었는지, 사람들이 여유가 생기면 더 나은 곳으로 어떻게 이사를 하는지, 어떻게 보다 형편이 좋지 못한 사람들이 그 집들을 차지했다가 돈이 조금 모이면 옮겨가는지에 대한 이야기를 조금 나눈다. 집이 어떻게 비워지고 채워지는가의 문제이다. 오늘 나는 1951년 한 흑인 가족이 백인들만 살던 임대 아파트 건물로 이사했다가 성난 백인들이 폭동을 일으켰던 장소를 엘렌에게 보여주고 또한 나도 직접 보기 위해서 엘렌을 데리고 시세로에 갔다. 폭동은 주방위군이 동원되어서야 비로소 진압되었다. ㄱ 폭동은 신문이며 텔레비전으로 세계적으로 보도되었다. 이 도시에서는 주택 공급을 두고 인종 투쟁이 벌어지고 있다. 나는 그 가족이 얼마나 두려웠을지, 그리고 그 가족이 얼마나 다르다고 느꼈을지, 그러한 용기, 그러한 인내, 그러한 저항을 생각하며 서 있었다. 백인들은 그 가족의 아파트에 불을 질렀고 창문을 향해 돌을 던졌다. 그리고 백인 소방서는 백인 범인들을 향해 소방 호스를 겨누기를 거부했고,

나중에 그에 대한 벌금을 물어야 했다. 나는 엘렌에게도 '로버트 테일러 홈스' 주택단지를 보여 주었다.

내레이터

[로버트 테일러 홈스는] 세계에서 가장 큰 공영 주택단지로, 더 루프에서 남쪽으로 4마일 거리에 있으며, 1960년대에 지은 동일한 형태의 16층 건물 28개로 구성되어 있고, 27,000명의 흑인 시카고 시민을 수용했습니다. 처음에는 깨끗했고 매력적이었는데, 점차 이른바 '수직 빈민가'가 되었고, 결국 철거될 정도로 비참한 상태로 전락했습니다. 1999년 로버트 테일러 홈스에서는 잔디와 특히 나무가 사람들의 웰빙과 행동에 얼마나 중요한지에 대한 연구가 행해집니다. 이 아파트 단지가 연구를 진행하는 적격지였던 이유는 아파트 건물 중 일부는 녹지 전망권이었고, 다른 건물들은 아니었기 때문입니다. 응답자 150명 중 녹지 전망이 있는 사람들의 3퍼센트와 아스팔트와 콘크리트로 된 삭막한 풍경을 내다보는 사람들의 14퍼센트가 칼이나 총기로 자녀를 위협한 경험이 있었습니다.

비브
"이 지역에 대거 인구 유입이 일어났던 건, 올리어리 부인의 소 한 마리가 등불을 걷어차서 외양간에 불이 났다고들 말하는 1871년의 대화재 이후였고, 시카고의 광범위한 지역이 화염에 휩싸였죠. 1871년은 유난히 건조한 여름과 유난히 건조한 가을을 겪었어요." 라고 세라가 말한다.

"와, 엄마는 꼭 교과서처럼 말씀하시네요." 엘렌이 말한다.

"그러면 화재가 일어났던 밤에 대한 짧은 시 한 편도 들려줄게." 라고 세라가 말한다.

사람들은, 만사 형통케 하소서, 저녁 기도를 마치네
어느 사나운 밤, 도시가 무너졌네
기도의 탑도 이익의 시장도 무너졌네
이글거리는 허리케인 앞에서.

석양이 빛나던 예순 개의 첨탑
무시무시한 일출은 그 무엇도 비추지 않네
손에 손잡고 사람들은 말했네
'서쪽의 도시'는 죽어 버렸어!

"그런 걸 다 아는군."이라고 피터가 말한다. "그리고 29년의 주식 대폭락 이후 능력이 되는 백인은 모두 도시를 떠나서 교외에 정착하지."

"나는 그 시를 우리 엄마한테 배웠고, 엄마는 당신 아버지께 배웠는데, 두 분은 운율로 가득찬 대화를 나누셨고, 이런저런 주제에 대한 시를 잔뜩 외우고 계셨어요." 세라가 나에게 말한다.

"어느 면에서는 운율은 대화를 멈추게 하지."라고 피터가 말한다. "왜냐하면 운율이 들리고 나면, 즉 시구가 말해지면, 그 문제에 대해 더 할 말이 없기 때문이지."

"우리, '운율의 힘'을 물리치고 화재에 대해 계속 더 이야기해요."

그런 뒤에는 어떤 이유에서였는지 두 사람이 서로를 뜨겁게 바라보고, 나는 일어나서 엘렌에게 재워 주겠다고 말한다. 나는 그들에게 내가 시를 많이 외우고 있다고도, 에밀리가 내 보호자였던 여러 달 동안 나에게 소리 내어 읽어주었던 오 헨리의 이야기들도 전부 다 외우고 있다고도 말하지 않는다.

오늘 나는 에드워드 호퍼 역시 보았을 법한 - 백 년 동안의 그을음으로 검게 변한 어느 중국 식당의 파사드를 보았다. 나는 통로에, 비교적 높이 서 있었다. 식당은 작은 방들로 나뉘어 있었다. 몇 사람이 그중 한 곳에 앉아 있었다. 나머지 방들은 비어 있었다. 남자 둘이었다. 한 사람은 식사를 하고 있었고 다른 한 사람은 그에게로 몸을 기울이고 있었다. 어떤 만남이 일어나고 있었을까? 거기에는 무시된 존재라는 느낌과 운명적이라는 느낌도 함께 있었다. 어쩌면 존재에 대한 무시가 운명적인 것이고, 무시는 그 누구의 잘못도 아닌지도 모른다. 바꾸기에는 너무 늦어 버렸을 따름이다. 그것은 집들과도 같아서, 집이 한동안은 하나의 삶을 담고 있다가 그 뒤에 또 다른 삶을 담게 되는, 채워지고 비워지는 방식이 서로 닮았다. 그것은 꽤 먼 거리에서 찍은 어두운 사진이 되고 말았는데, 내가 클로즈업 사진을 얼마나 많이 찍는지를 문득 깨닫게 만들었다. 보다 거리를 두고 작업을 해야겠다. 거리는 개성에 반하며, 나는 개개인에게는 별로 관심이 없는 것 같다. 그러나 브이 스미스, 당신은 거리의 사람들을 오직 사회적 계급을 대표한다고 볼 뿐이라고까지 심하게 말하지는 않겠지? 그래, 아무리 그래도 나는 그렇게까지 생각하지는 않아. 그렇다면 좋아, 브이 스미스, 그럼 지금은 이 정도로 해 두자. 그래, 왜냐하면 모르겠기 때문이야. 맞아, **시간**이야. 그들은 **시간**을 나타내는 거야.

오늘 늦게, 나는 진흙으로 엉망이 된 커다란 엉덩이를 하늘을 향해 내밀고 서 있는 건설 노동자를 지나쳤는데, 내가 그 사진을 너무도 가까이에서 찍어서, 사람들이 그것이 무엇인지 알아차리는 데 단 일 초면 될 정도였다.

그들에겐 엘렌이 있지만, 나는 그들이 그 아이를 얼마나 많이 생각하는지는 모르겠다. 빈 그네가 있는 정원이 있었고, 그래서 아이도 하나 있어야만 했다. 아이는 그녀를 위해 잉태되었다. 나는 어렸을 때부터 개에 대해 별로 관심이 없었다. 그러나 나는 그들이 피운 불의 가장자리에 산다. 마치 한 마리 개처럼 말이다. 늘 내가 그들의 신호나, 그들이 말하는 것으로 무엇을 표현하는지를 이해하는 것은 아니다. 잠자리에 들 때면 모든 것이 사각형 속에 담긴 것으로 보이고, 나는 내가 찍은 사진들로부터 자유로와지지 못한다. 사람들이 돌아온다. 나는 내가 특정 대상들을 찾고 있는 것인지, 그래서 그 결과 그 밖의 다른 대상들이 내 관심을 벗어나 버리는 것은 아닌지 모르겠다. 만일 그렇다면, 정말 싫다. 세상이 돌아가는 축은 있느냐, 혹은 없느냐에 있다. 돈은 어디에서 올까? 어떤 사람들은 다른 사람들이 부자가 되도록 자신들을 희생해 왔고, 나는 그 희생의 결과물을 눈치채지 않을 수가 없다. 밀가루와 가죽처럼, 실내에서 일하는 사람들의 푸석푸석한 얼굴들(내 얼굴도 그럴 뻔했다)과 평생을 야외에서 보낸 사람들의 가죽같은 손과 얼굴들 말이다. 플로리다에서 지쳐서인지 부끄러워서인지 두 손으로 얼굴을 가린 남자를 본 적이 있는데 - 처음에는 그 사람이 내 아버지라고 생각했고, 곧 내 오빠라고 생각했고, 나는 오빠가 여전히 방랑하며 거리에서 살고 있고, 뒤축이 닳아빠진 신발을 맨발로 신고 다니는 사람이 되었다고 생각한다.

내레이터

그녀의 오빠 칼은 오래전 '윌리엄 제사드'라는 낯선 이름을 달고 떠나 버렸는데, 그리 낯선 이름은 아니었던 것이 - 그에게는 할아버지 빌헬름에게서 딴 윌리엄이라는 이름이 이미 있었습니다. 그래서 사실은 그저 어머니의 결혼 전 성인 조소에 자신의 미국식 가운뎃손가락을 찔러 넣어 그 성이 제사드가 될 때까지 들쑤셔댔던 셈입니다. 아마도 그는 이미 다시 말을 바꿔 탔을지도 모르고, 그렇다면 가족들은 그를 절대 찾아내지 못합니다. 가족들도 그를 찾고 있지 않습니다.

"발견되길 원하지 않는 사람은 찾지 않는 법이야." 라고 마리아는 말했습니다.

"그렇다면 우리는 그 애를 지우는 거야."라고 오스트리아에서는 칼, 미국에서는 찰스라고 불렸던 찰스 시니어, 그렇습니다, '칼-찰스'가 말했습니다.

비브

나는 그 사진을 찍자마자 서둘러 떠났다. 그리고 그날 밤 잠자리에 들어 반쯤 잠이 들었을 때, 나는 이상한 경험을 했다. 덜덜거리거나 웅웅거리는 몸 두 개가 내 몸에 고정되어 있었는데, 하나는 발밑에, 또 하나는 '숲의 향연' 지역에 붙어 있었다. 그것은 영화관에서 어떤 장면들을 볼 때 아래에서 느껴지는 그런 느낌이 아니라, 오히려 스산함에 가까왔고, 나는 잠을 깼다. 그러나 다시 잠이 들려고 하자마자, 똑같은 일이 일어났다. 두 개의 생명체가 내 몸에 붙어있었다. 마침내 완전히 잠에서 깨어나자, 나는 일어나서 불을 켜고 한동안 깨어 있었고, 이중 삼중 노출의 일부가 되는 이 느낌에 즉각 다시 빠져들지는 않았다. 나는 나에게 달라붙었던 것이, 그들이라는 것을, 오빠와 아버지라는 것을 안다. 고기는 어디서 오는지, 누군가는 스스로를 희생하고 있다는 것을 - 엘렌은 이제 알고 있다.

내레이터

만약 잠자리에 들기 전에 듀안 마이클스의 이중 노출 사진을 너무 많이 본 탓이라면요?

정말 흥분하셨군요. 주변을 좀 치우면서 마음을 진정시키면 어떨까요?

비브

맞아, 여기 내 방은 지저분해지고 있지만, 그저 서랍 하나를 **조금만** 정리할 수는 없고, 모든 것을 다 정리해야 하고, 바닥을 진공청소기로 청소하고 나서 닦아야 하고, 커튼과 옷장에 있는 옷을 죄다 빨아야 한다. 그런데 나는 그럴 시간이 없다. 신문은 어디서 시작해서 어디서 끝내야 할지 도무지 모르겠는데, 나는 다음의 주제별로 정리할 작정이었다.

1. 살인, 강간, 납치, 방화, 폭행
2. 정치적 사건

그러나 원하는 것을 오려낼 시간이 없다. 아주 가끔씩은 중요한 신문 기사들을 잃어버리지 않으려고 그중 몇 장을 사진으로 찍는다. 그러나 네거티브 필름 역시 무질서 상태인데, 어느 필름에 무엇이 있는지를 이제는 더 이상 모르겠고, 아마 이제 오천 롤 가까운 필름이 있을 텐데, 필름들 역시 공간을 차지한다. 그러나 신문이 가장 큰 문제이다.

히틀러가 그물로 잡아서 불에 태워 버리고자 했던 미친 사람들이 여기 이 동네에서는 경찰에게 잡혀서 갇힐 때까지는 거리를 뛰어다닌다. 나는 그 사람들의 머리가 언제나 흐트러져 있다는 사실을 깨달았다. 오빠는 내 인생에 두 번 나를 '시스'라고 불렀다. 오늘 나는 키가 큰 미치광이를 겨드랑이에 끼고 있는 키가 작은 경찰관의 사진을 찍었다. 그 미치광이는 바짓단이 허벅지에 닿을 정도로 바지를 걷어 올렸는데, 한편으로 오늘은 더운 날이었다. 그리고 아니나다를까 머리가 흐트러져 있었다. 만일 내가 그의 사진을 찍지 않았다면 그 사람의 불행이 나를 짓눌렀을 것이다.

세라의 상담심리사
나는 기억이 생각의 유령들이라는, 우리 안에서 나타나는 과거의 사건에 대한 희미한 투영이라는 (나의) 아이디어를 좋아한다.

피터
비비안이 다른 사람들의 열악한 상황, 즉 노숙과 빈곤의 희생자들에 대해 이야기할 때면 그녀의 목소리는 어두워지고 힐난하는 투가 된다. 그 말은 그녀와 대화를 하고 있는 우리를 비난하는 듯이 들리게 되고 만다. 그녀는 마치 그것이 우리 잘못인 듯 들리게 만든다. 그리고 그것에 대해 말하는 것만으로도 그녀 자신은 불우한 사람들의 편에 서게 된다. 엄밀히 말하자면 우리는 자주 동의하는 편이지만 그녀는 우리를 적으로 만들어 버린다. 나는 그저 '굶주림의 수감자들'이라는 표현은 조금 과하다고 생각할 뿐이다. 세라는 비비안이 병원에 갈 형편이 안 되는 사람들이 너무 많기 때문에 기꺼이 병원에 가지 않을 것이라고 말한다. 그녀는 미국을 '서구 세계의 무덤'이라 부르며, 우리는 북미 원주민 학살, 노예 제도, 히로시마와 나가사키, 한국, 그리고 무엇보다도 베트남에 관해 이야기를 나눈다. 내가 불행의 무게에 짓눌린 세라의 손을 잡고, 함께 정원으로 빠져나갈 때까지.

세라

비비안은 택시 기사에게 그닥 친절하게 말하지 않는다. 그녀는 운전 면허가 없어서, 우리는 그녀가 장을 볼 때 택시를 타게 한다. "대체 무슨 생각이에요?" 그녀의 말이 들려온다. "시계가 없나요, 아니면 시계를 못 보는 건가요, 기사님은 삼십 분 전에 왔어야 했어요." 그런 뒤에 뒷좌석으로 웅크리고 들어가 소리가 나게 문을 닫는다. 그녀는 버려질 운명이었을 멍든 과일과 시든 채소를 싸게 사거나 얻어 온다. 물론 우리가 아닌 그녀를 위한 것이다. 냉장고에는 그녀의 선반이 하나 있다. 그녀는 우리가 저녁 식사로 고기를 먹을 때면, 건강에 해롭다고 우리가 잘라내는 기장자리와 지방을 먹는다. "힘들 때 쓸 에너지를 비축해 둬야 해요." 기름 묻은 손가락을 핥으며 이렇게 말하는 그녀 때문에, 나는 속이 울렁거린다고 밝혀 두어야겠다. 그녀는 설거지를 하기 전에 국자를 깨끗하게 핥아 먹는다. 냄비도 물론 핥아 먹는다.

    비비안의 행동은 우리 할아버지와 아버지의 절약 정신을 떠올리게 만든다. 한 방울의 물이라도 더 데우느라 필요 이상으로 에너지를 낭비하지 않기 위해서 커피 내릴 물을 끓이기 전에 어떻게 계량했는지, 불을 어떻게 아꼈는지, 나중에 다른 용도로 사용하기 위해 모든 포장재를 씻어서 어떻게 보관해 두었는지.

내레이터
얼마 전, 지금은 은퇴했지만 과소비에 반대했던, 검소함으로 유명한 대통령, 호세 무히카 우루과이 대통령에 관한 기사를 읽고 나서, 세라, 나는 당신의 아버지를 생각했는데, 왜냐하면 두 사람이 서로를 떠올리게 하기 때문인데요 - 급여 대부분을 빈민 구호 사업에 기부하고, 대통령궁을 노숙인들에게 맡기는가 하면, 낡고 낡은 플리스 재킷을 입고 서 있는 호세 무히카 대신, 당신의 아버지가 그 수수한 집 앞에서 낡은 보온병을 든 모습으로 사진이 찍혔을 수도 있었으니까요. (비브는 무히카를 좋아했을 텐데 그가 대통령이 되기 한 해 전에 세상을 떠났습니다.)

엘렌
이번 일요일, 마이어 선생님은 외출하면서 방문 잠그는 것을 잊어버렸다. 선생님은 열쇠를 끈에 꿰어서 목에 걸고 옷 속에 감춘다. (끈은 아주 길어서 선생님은 배꼽에 열쇠가 닿는 것을 느낄 수가 있다. 선생님이 끈을 길게 매는 것은 열쇠로 문을 열 때 끈을 벗을 필요가 없기 때문이다. 하지만 목욕을 할 때는 끈을 벗는다. 문이 살짝 열려 있었다. 그것은 아래쪽 복도에서도 보였다. 나는 계단을 올라갔다. 문 앞에 서서 문을 발로 살짝 밀었다. 방 안에 신문이 많이 있는 것이 보였다. 나는 무척 겁이 났지만 문을 조금 더 밀었고, 줄곧 선생님의 오토바이 소리에 귀기울이고 있었다. 가구는 전혀 볼 수가 없었다. 내가 이 방에 마지막으로 들어왔던 것은 선생님이 이사 오기 전이었고, 이제는 꽤 오래 전의 일이 되었다. 우리는 선생님을 환영하려고 침대 옆 협탁에 꽃 한 다발을 놓아두었다. 침대 하나, 옷장 하나, 협탁 하나가 있었는데, 지금은 아무것도 안 보인다. 내가 서 있는 여기에서는. 하지만 신문 더미들 사이로 통로같은 것이 보인다. 그것은 내게 묘지를, 무덤 사이의 통로를 떠올리게 만든다. 그때 내가 해서는 안 될 일을 저질렀다. 나는 엄마를 불렀다. 그리고 엄마는 아빠를 불렀다.

세라

이상하게도 그 모든 신문을 보고 나서 처음 떠오른 것은 랭보의 시 〈영원〉의 도입부였다. "그것을 되찾았다. 무엇을? 영원을…"

왜냐하면 바로 여기에 소름이 끼칠 정도로 높이 쌓인 '영원'이, 도대체 몇 년간인지 나는 모를 지난날의 (추정컨데) 하루하루가,

손으로 만질 수 있는 시간이 놓여 있기 때문인데, 내 손은 묻어난 인쇄 잉크로 까맣다. 수많은 나날들로 이루어진 영원과 과거와 잃어버린 시간과 (감히 말하자면 내 코 밑에서) 지나간 삶의 양. 영원. 비종교인으로서 나는 영원을 **존재해 온** 시간으로만 인식할 수 있을 뿐이다. 그것은 무섭고도 딱했다. 그리고 끔찍했다. 그리고 어떤 면으로는 안심이 되었는데 그것은 시간이 너무 빨리 지나가서 - 나는 시간이 나에게서 미끄러져 나가고 있다는(내가 고개를 들면, 이미 나뭇잎이 노란) 느낌, 내가 시간의 산사태 속에 있다는 느낌을 곧잘 받기 때문이었다. 그런데 시간이 멈춰져 있었던 것이다.

그리고 피터가 말하듯, 이는 위험했다. 우리는 말 그대로 거대한 화재 위험 아래에서 살고 있었다. 그는 천천히 말했다. "그래서 여기가 신문들 모두가 사라졌던 곳이군." 그렇다, 우리는 신문을 다시 발견했다! 그때 오토바이 소리가 났고, 그녀가 오고 있었다. 엘렌은 두려워서 우리 둘을 다 붙잡고 밖으로 끌고 나가고 싶어했는데, 아이가 덩치가 크고 힘이 세서 아이를 떨쳐내기 위해 잠시 안간힘을 써야 했다. 한동안 아이가 우리를 잡아당기고 우리가 저항하고 충돌하는 동안 우리 셋은 하나였고, 아무도 말이 없었으며, 엄숙하면서도 혼돈스러운 상태였는데 - 이는 비브의 방 앞에 있는 계단참에서 일어났고, 우리는 줄곧 아무도 계단에서 떨어지지 않게 조심해야 했다는 것을 기억하시길 - 그것은 완전히 광란의 원형 춤사

위가 되어 버렸다. 불현듯 나는 엘렌의 몸이 어른이 되기 시작했다는 사실을 알아챘고, 이런 말이 나에게서 튀어나왔다. "이제 보모를 두기엔 네가 너무 컸어." "아니에요, 엄마. 안 돼요, 그러면 안 돼요."라고 엘렌이 말했다.

그때 비브가 우리 앞에 서 있었다.

우리는 서로를 놓아주었다. 피터의 넥타이는 등 뒤로 넘어가 있었다. 마치 그녀가 학교 선생님이고 우리가 잘못을 한 것처럼 느껴졌다. 나는 손을 아래로 뻗어 발뒤꿈치에 신발을 다시 신었고, 그 행동은 곧 들려 올 욕설의 홍수를 조금이라도 지연시켜 보려던 것이었다. 그러나 그런 일은 없었다. 비브는 잠시 서 있다가, 아무 말도 없이 우리를 지나가더니 문을 닫았다. 그리고 우리는 아래층으로 내려갔는데, 나는 기분이 좋아져서 두 사람을 감싸 안았다. 왜냐하면 우리는 함께 진짜가 되었기 때문이었다.

브이 스미스

나는 한 줄기 실오라기에 매달려 있다. 그들의 시선으로 내 보금자리는 오염되었고, 내 시스템은 교란되었다. 내 방은 더 이상의 의미가 없어졌고, 이제 나는 그들이 모든 것을 짓밟고 전부 망가뜨리고 침을 뱉고 내 침대에 누워있을 수 있게 여기에 장화를 신고 올라오라고 부를 수도 있다. 이제 나는 내려가서, 당신네는 규칙을 어겼어요, 그것은 제 유일한 조건이었어요, 라고 말한다. 이제 나는 모든 것을 정리하고 다시 시작해야 한다. 이제 나는 내 좋은 물건들을 챙겨서 떠날 것이다. 이제 그들은 더이상 나를 원하지 않는다. 이제 나는 아무일도 없었던 척하고, 모든 것이 이전과 똑같이 계속될 것이다. 그러나 나는 모른다. 그들이 문지방을 넘어 내 작은 통로들을 따라 방을 돌아다니며 손으로 만져서 '청결함'을 오염시켰는지, 아니면 그들은 문지방 건너편에 서서 그저 눈으로만 돌아다녔던 것인지.

피터

자, 생각해 보자. 그와 같은 규모의 수집광과 한집에 살고 있다는 사실을 발견한 후 우리는 몸이 마비라도 된 것 같았다. 불현듯 그녀가 매우 낯설고 기이하게 보였다. 선수를 친 것은 비브였다. 그녀는 우리에게로 내려오더니, 신문을 모조리 다 치우겠다고 말했다. 당장 진입로로 신문을 끌고 내려가서 가능한 한 빨리 수거되도록 하겠다고 했다. 또한 그녀는 "아직 스크랩하지 못한 것이 너무 많아요."라고 말했는데, 완전히 낙담한 기색이고, 나는 세라가 비브에게 신문 배출을 조금 늦출 수도 있다고 말할 듯이 물렁해진 기색을 보았지만, 솔직히 말해서 그건 안 된다. 나는 자기들 집에 쌓아두었던 거대한 신문 더미에 깔려 죽은 콜리어 형제를 두 사람에게 상기시켜 주었다. 그러자 비비안이 말했다. "그중 한 사람만 깔려 죽었어요. 다른 사람은 의자에 앉아 있었고 경찰이 왔을 때는 영양실조로 사망한 상태였어요. 하지만 저는 그 사람들처럼 신문을 모으는 것이 아니에요. 다만 그저 오려내고 저장하고 싶은 기사들이 너무 많을 뿐이에요. 제가 모든 것을 기억할 수는 없고, 아무도 자기가 읽는 것을 모두 기억할 수는 없어요." (여기서 그녀의 목소리가 올라가더니 갈라졌다) "저는 제가 기억해야 할 것을 잊어 버리지 않으려고 그것을 신문 더미의 맨 위에 올려놓아요. 하지만 그 모두가 맨 위에 놓일 수는 없어요."

우리는 도와주겠다고 제안했지만 그녀가 사양했다. 다음 몇 시간 동안 그녀는 계단을 오르내렸다. 다 마쳤을 때 - 집 앞에 쌓인 산더미는 - 장관이었다. 그러자 도대체 우리가 얼마나 많이 읽나를 볼 수 있었다. 나는 일 년 내내 매일매일 모든 신문을 처음부터 끝까지 읽었다. 니는 계속 방향성을 유지했다. 나는 하루, 또 하루, 내 시대를 이해하려고 노력했다. 나는 그에 대한 내 견해를 형성시켜 왔다.

비비안
그 누구도 여기 와서 나한테 호머와 랭리 콜리어에 대해서는 말을 못할 것이, 나는 1947년 그날, 경찰이 그들의 5번가 집에서 모든 문이 다 막혀 있어서 이층 창을 통해 강제로 들어가려고 할 때, 아버지와 함께 바로 그 앞에 서 있었다. 우리는 내가 살았던 64가에서 걸어 올라가, 그들이 살던 128가 모퉁이까지 갔다. 우리는 이전에도 그 집 앞에 서 있었던 적이 많은데, 왜냐하면 아버지가 그들에 대해서 떠돌던 모든 이야기들이며, 근거가 있건 없건, 그들이 철저하게 막아놓은 집 안에 숨겨져 있다던 보물들에 대한 모든 추측들에 대해 푹 빠져 있었기 때문이었다. 경찰이 창문을 통해 기어들어 갔을 때부터 호머의 시신을 가지고 다시 나타났을 때까지 꽤 많은 시간이 흘렀다. 우리는 경찰이 이층 창문을 통해 밖으로 호머를 끌어내어 비상계단으로 옮기는 광경을 보며 서 있었다. 그는 담요로 덮인 채 들것에 뉘어 있었고, 사람들은 움직이려 하지 않았다. 나는 담요 아래에서 그가 얼마나 작은 공간만을 차지했는지 볼 수 있었다. 나중에 나는 그가 죽은 지 열 시간밖에 되지 않았다는 기사를 읽었다. 그는 영양실조로 죽었는데, 왜냐하면 그의 눈병을 치료하기 위해서 랭리가 일주일에 오렌지 백 개로 이루어진 식이요법을 그에게 시켰기 때문이었다. 누구라도 밖에서 호머를 목격한 것은 오래 전의 일이었지만, 랭리는 그를 잘 보살폈고, 열넉 대의 - 그중 한 대는 그들 가족이 과거 언젠가 빅토리아 여왕에게 하사받았던 - 피아노 중에서 어느 피아노로 연주했는지는 비록 나는 모르겠지만, 호머를 위해 쇼팽을 연주했고, 책도 읽어주었고, 장을 보러 나갔고, 급기야 마지막에는 안전핀만으로 꾸려진 정장 차림으로, 주로 야밤에, 쓸 만한 물건들을 주워 왔다. 어느 날 밤에 아버지는 그를 직접 목격했다! 호머는 물건 더미들 사이의 작은 공간에서 살았다. 그러나 랭리는 찾아낼 수가 없었다. 그 뒤 며칠 동안 이른바 그들의 궁전의 수문은 열렸고, 녹슨 자전거, 톱질용 모탕, 마차 덮개, 가스 스토브, 포드의 모델 티 자동차, 수많은 피아노들과 온갖 종류의 악기들, 의사였던 아버지(그는 산부인과 의사로서 아주 끔찍한 사람이었으며, 실은 그의 아내가 그를 떠났다)의 의학 서적들과 태아가 들어있는 유리 용기들과 의료 기구들, 모든 통조림, 돌무더기, 나무 조각, 잡지, 신문, 살아있는 고양이들 등 무려 백사십 톤에 달하는 소유물이 쏟아져 나왔다. 삼 주에 걸친 정리 작업이 끝난 뒤에야 인부들이 랭리와 맞닥뜨렸는데, 그는 절도범들과 별의별 행정 기관들로부터 자신들을 보호하기 위해 설치했던 덫의 희생자가 되어 있었다. 그는 쏟아진 신문에 깔려 죽었으며, 호머의 작은 보금자리에서 불과 십 미터 떨어진 곳에서 죽었고, 그의 주검은 쥐에게 파먹혀 끔찍한 상태였다. (나는 그의 주검을 그의 집처럼, 통로들이 뚫려 있는 모습으로 떠올린다.)

형제는 삼층 건물에 지하실과 다락방으로 이루어진, 자신들이 미어터질 때까지 가득 채운 집 한 채를 통째 소유했다. 내게는 겨우 방 하나가 있을 뿐이다. 그리고 물려받은 물건도 전혀 없다.

내레이터

그녀가 쌓아놓은 물건들은 서로 연결되어 있습니다. 생각들처럼, 한 물건이 다른 물건으로 이어지기 때문에, 그녀는 이 물건을 혹은 저 물건을 버릴 수 없습니다. 그러면 그 사슬이 끊어지기 때문입니다.

엘렌

마이어 선생님은 지금껏 몇 번이나 나에게 남자들에 대해 주의시켰다. 선생님은 말한다. "남자들은 너를 자기네 무릎에 앉힐 거고, 그런 다음 너는 무언가 찌르는 듯하다고 느낄 거야. 남자들은 너를 해치기 위해서 나왔을 뿐이야." 그러면 나는 이렇게 대답한다. "걱정하지 마세요. 어른이 되면 멀리 시골에 살면서 양을 키우고, 저에게 뭐라고 하는 사람 없이 실컷 뚱뚱해질 거예요."

그러나 선생님이 남자들을 그런 식으로 표현하자, 일요일에 선생님이 왜 그렇게 반응했는지 이해하게 된다. 우리는 호숫가에 내려가 있었고, 선생님은 자신의 대상을 더 잘 찍기 위해서 쓰러진 나무둥치 위에 자리를 잡았다. 비가 와서 나무둥치가 미끄러워서 선생님이 갑자기 균형을 잃었다. 바로 뒤에서 길을 걸어오고 있던 한 노인이 선생님을 받쳐주려고 뛰어들었다. 노인이 의도했던 것은 명

확했고, 나는 그 광경을 바라보며 서 있었다. 선생님은 메아리가 울려댈 정도로 고함을 세게 지르고 나서 나무둥치에서 뛰어내려 주먹으로 노인의 머리를 때렸다. 잘은 모르겠지만 그는 카메라에도 맞았던 것에 틀림없고, 관자놀이를 맞아서 피를 흘리고 있었다. 노인은 선생님에게 끔찍한 욕설들을 했지만, 나는 선생님이 그 욕설들을 알아들었는지는 모르겠는데, 왜냐하면 선생님은 전혀 진정할 수가 없었기 때문이다. 선생님은 노인을 더 이상 때리지도 않았고, 울지도 않았지만, 올라갔다 내려갔다 하는 길고 격앙된 어조로 끊임없이 중얼거렸다. "마이어 선생님."하고 나는 불렀고 선생님의 어깨에 손을 얹었지만 소용이 없었다. 선생님은 고개를 좌우로 흔들면서 같은 소리를 내뱉었다. 노인은 선생님을 폭행 혐의로 고소하겠다고 말했다. "당신 이름이 뭐야? 당신 이름을 말해." 그가 선생님에게 계속 말했다.

"그러면 저 여자 이름이 뭔지 **네가** 말해줘야겠어." 노인은 나에게 말했다.

"저는 제 이름만 말씀드릴게요." 나는 말했다. "제 이름은 엘렌 라이스이고, 저분은 제 보모(나는 나이가 너무 많았기 때문에 보모라고 말하는 것을 좋아하지 않았다)이고, 우리는 바로 저 위에 살아요."

마침내 노인이 떠났고, 마이어 선생님은 내가 선생님의 손을 잡고 집으로 이끌도록 내버려 두었다. 우리가 집에 도착하자, 선생님은 잠잠해져 있었다.

세라

아침 출근길에 남성적인 향수가 풍겨 오는 가운데 - 나는 황홀경에 빠진다. 그러나 곧 어쨌든 (처음에는) 정도 이상의 무언가를 몸으로 느낀다. 나는 상담실에 앉아서 상담심리사를 기다리고 있었고, 게시판에 붙여진 프로이트의 상담용 소파가 그려진 엽서를 보았다. 동양풍 꿈에서 갓 빠져나온 듯한 소파는 모피 담요와 부드러운 벨벳 쿠션들로 가득했고, 벨벳 또는 벨루어 담요 두 장이 팔걸이 위에 걸쳐져 있었으며, 저 소파에 누우면 곧장 (자신의) 바닥으로 가라앉을 텐데, 이 방의 가죽 소파는 저 가구에 비하면 형편없는 실패작이다. 방 냄새를 맡을 시간은 넘쳐났다. 그리고 내가 고약하다고 말할 뻔한 냄새가 났는데, 마치 누군가가 몇 시간씩 거기서 키스를 나눈 듯한 냄새였고, 타액의 달큰한 냄새와 오랫동안 살갗과 살갗이 서로 문질러댄 듯한 냄새가 났다. 가죽 소파. 틀림없이 그것이 일어났던 장소일 것이다. 그러나 이 소파는 우리 상처받은 영혼 모두를 위한 대화 장소이며, 상담심리사는 상담실을 섹스에 써서는 안 된다. 그가 돌아왔을 때 나는 그에게 따끔한 시선을 보냈고 손수건을 흔들어서 내 주위의 공기를 환기시켰다.

다음 순간 나는 생각했다. 만일 그가 여기서 다른 사람과 키스를 할 수 있다면, 나와도 키스할 수 있다고. 나는 이제 더이상 상처받은 영혼이 아니라 끓어오르는 화산이었다.

"자, 이제" 하고 말하면서 그가 자리에 앉았다. "부인께서 '나의 뺨이 오동통한 친구'로 부르는 사람이 누구인지 좀 더 다가갈 수 있는지 보죠."

그러나 나는 대답하지 않았다. 나는 말없이, 노골적으로 유혹하듯 입술을 내밀었다. 그가 미끼를 물었다. 나는 일어나서 그의 몸 구석구석을 더듬어 그를 느끼고, 그를 밀어 소파에 눕혔으며, 입술과 입술을 맞댄 채 다른 가구 속으로, 그 부드럽고 화려하고 야성적인 가구 속으로 들어간다. "그 친구는 그저 어렸을 때의 저일 뿐이에요." 한참 후, 나는 완전히 녹초가 되어 가죽 가구에 피부가 달라붙은 채로 우리가 서로에게서 풀려나자 대답했다.

"그렇군요, 그렇다면 우리가 그를 찾아냈군요." 그가 말했다.

"네, 하지만 그녀죠." 나는 말했다, "그리고 저는 그녀를 없애고 싶어요."

"그녀를 밀어내는 것은 소용없습니다. 그냥 오게 두세요." 그가 말했다.

"그녀는 와요." 나는 말했다.

"바로 지금은 부인 안에서 무슨 일이 일어나고 있습니까?"

"저는 바닥에 몸을 던지고 '안 돼.'라고 소리 지르고 싶은 강한 충동을 억누르려고 하고 있어요. 참을 수가 없어요"

"뺨이 오동통한 친구가 언제 나타나는지에 대한 예를 몇 가지 들어 주시겠어요?"

"제가 아무것도 할 수 없는, 고통을 생각하거나 볼 때예요. 전쟁, 기아, 전염병, 학살, 동물 학대, 학교 운동장이죠. 그리고 가장 최근에는 제가 정리하려던 큼직한 정원 한 자락에서 그 아이가 고개를 빼꼼 내밀었어요'"

상담심리사는 닻을 내릴 만한 지점, 집착할 무언가, 발판을 제공할 무언가를 찾아내야 할 필요성에 관해 말했다. 그것은 형편없는 은유의 잡탕찌게였지만, 이 찌게에서 엄마의 한없이 사랑스러운 얼굴이 떠올랐고, 이제 앞으로는 그 얼굴로 나의 뺨이 오동통한 친구의 머리를 두드려 댈 작정이다. 마치 천막용 말뚝을 땅에 박아 넣을 때처럼.

비브

누가 나를 몰래 찍는 사람이 없었다면 그야말로 이상한 일 아닐까? 건너편 집의 그 남자는 아니었을까? 기분 좋은 날이면, 그가 아이젠하워를 닮았다고 생각하는데, 나는 어느 정도 아이젠하워에게 신뢰감이 있지만, 사람들이 곧잘 그를 부르듯 아이크라고 부르지는 못하겠다. 내 생각에 대통령과 친숙하고 싶다는 것은 매달리는 것처럼, 혹은 아이젠하워가 어리석은 강아지라도 되는 것처럼 들린다.

나에게 이제껏 줄곧 어려웠던 일들은, 일종의 정신적 류머티즘인 것처럼 지금은 더 어렵고, 더 나이가 들면 어떻게 진행될지 생각하기가 두렵다. 나는 어머니에게 가 봐야 한다는 것을 알고 있다. 나는 커튼을 치고 살기 시작했는데, 건너편 집 남자가 나의 쌓아놓은 살림살이를 볼 수 없게 하기 위해서이고, 나는 옷을 욕실에서 갈아입는다. 내가 직접 사진 촬영을 부탁하지 않는 한 누가 내 사진을 찍는 일을 나는 본 적이 없었는데, 아니, 내가 어렸을 때는 어머니가 내 사진을 찍었고 잔 역시 그랬다. 내가 누군가에게, 예컨대 그날 물가에서 캐롤라인에게처럼, 사진을 찍어달라고 부탁했을 때는, 다른 사람은 나를 어떻게 바라보는지 보고 싶기 때문이다. 지금 내 앞에는 해변 사진이 한 장 있는데, 내 얼굴에 이상할 정도로 저속한 데가 있어서, 마치 내가 의도적으로 누구가 다른 사람을 깊은 물로 들어오라고 꾀어내는 듯하다. 캐롤라인은 친구에 가장 가까운 사람이고, 나는 이제 거의 전적으로 그녀의 가게에서만 필름을 산다. 그녀는 내가 이 동네는 인위적인 세계이고, 우아함과 품위의 바늘 구멍이라고 말할 때 그것이 무슨 말인지 이해하는 유일한 사람이다. 그러나 나는 이 바늘이 꽂혀 있는 분노와 불결함 속에서 더 편히 숨 쉴 수 있다.

엘렌

아빠가 그 일을 처리했다. 비록 노인이 뇌진탕까지 겪었지만, 마이어 선생님이 폭행죄로 고소당하지는 않을 것이다. 아빠가 노인을 만났고, 수표도 써 준 것 같다. 통증과 고통에 대한 대가였다. '폭행' 다음 날 마이어 선생님은 내가 이번 일에서 배울 점은, 어떤 일에도 참지 말아야 한다는 것과 그 공격은 최선의 방어책이었다는 것이라고 말했다. 나는 선생님이 내가 마치 푸아그라를 위한 거위인 양, 내 코를 잡고 음식을 쑤셔 넣었을 때를 상기시켜 주고 싶었다.

비브

불도그가 유행인 것일까? 올해 사람이랑 같이 다닐 수 있는 유일한 견종이 불도그일까? 지금은 사방이 불도그를 데리고 다니는 사람들로만 넘쳐나는 것 같다. 이제쯤이면, 나는 반영 사진 전문가로 불리울 만하다고 생각하는데 - 오늘 나는 하얀 불도그를 데리고 있는 한 흑인 남성의 믿을 수 없을 정도로 멋진 사진을 찍었다. 그는 역 유리창에 등을 대고 서서 종이컵을 손에 든 채 구걸하고 있었고, 그의 늠름한 네발 친구 역시 유리에 등을 대고 앉아 있었다. 프랜시스 베이컨도 그 반영을 봤다면 열광했을 텐데, 유리창 속의 개는 완전히 뒤틀려 있었고, 실은 완벽히 해체되어서 마치 떨어지는 종잇장처럼 보였다. 거울은 제게 맞는 것을 우리와 같이 행하는, 우리를 익사시키고 우리를 흔들어대는, 또하나의 세상이라고 이해되어 왔다. 그것이 내가 자화상을 담은 사진들 속에서 반영을 자주 쓰는 이유이기도 하다. 나는 줄지어 선 여러 개의 반영을 만들어 피사체를 한 세상에서 다른 세상 속으로 연이어 빠져들게 만드는 것을 좋아한다.

자화상은 나 스스로를 지켜보는 방법이기도 하다. 지금은 그것을 해줄 이가 나 말고는 없다. 비비안 도로시아, 간밤에 또 잠을 설쳤군, 하고 눈밑 살주머니들이 그들만의 분명한 언어로 이야기한다. 그 외투는 너무 낡지 않았나, 다른 중고 외투를 살 만한 돈이 있는지 봐야만 하겠군.

그리고 슈퍼마켓의 높다랗게 달린 감시용 거울 속에서 나는 축소된 모습으로, 모든 상품에 현혹된 채로 서 있다. 악마가 내 귀에 속삭인다. 너를 내려 봐. 그러면 몽땅 네 것이야.

내레이터
비비안, 당신은 성경에 정통하지 않으시군요. 예수의 두 번째 유혹은 물질적 이득에 관해서가 아니라, 바닥에 부딪히지 않는 것에 관해서입니다. 마귀는 예수를 성전 꼭대기로 데리고 올라가서 말합니다. "만일 네가 하나님의 아들이라면 여기에서 뛰어내려 보아라. … 저가 너를 위하여 그의 사자들을 명하시리니 그들이 손으로 너를 받들어 발이 돌에 부딪치지 않게 하리로다."

비브
미소를 짓고 있는 나를 찍는 일은 드물지만, 오늘은 해 냈다. 한 남자가 판유리를 들고 걸어가고 있었고, 나는 뒤에서 그를 찍었는데, 내가 판유리에 비쳐서 마치 그가 나를 안고 가는 것처럼 보였다.

지금 문득, 1950년 2월, 생-보네의 성당 창문에 붙어 있던 얼음 결정들을 떠올린다. 당시 나는 봄이 오기를 기다리고 있었고, 봄은 마리 플로랑틴 이모의 유해를 땅에 묻을 수 있다는 것을 의미했다. 미사가 곧 시작된다고 사람들이 나를 끌어당겼지만, 나는 꼼짝도 할 수가 없었다. 나는 열 장 정도의 사진을 찍었는데, 인정하건데 그 얼음 모양이 그때부터 내 시선을 건축물들로 - 그렇다, 구조물과 같은 류들로 - 향하게 만들었다는 것은 전혀 놀라울 것도 없다.

세라
오늘 비브가 와서 삼사 년 전에 찍은 엘렌의 사진을 한 장 보여주었는데, 나는 그녀가 그 사진을 나에게 주고 싶어한다고 생각했고, 고맙다는 말을 하고 **나서야** 그녀가 사진을 나에게 팔고 싶어했다는 것을 깨달았다. 나에게 돈을 받음으로써 그녀는 내가 그 사진을 가치있게 여긴다는 것을 확인하고 싶어 했다.

"얼마를 줄지는 직접 결정하셔야 해요. 하지만 돈은 내야 해요."

그렇게 말하는 동안, 그녀는 마치 내가 사진을 들고 도망칠 유혹에 빠질 수도 있다는 듯 사진의 한쪽 귀퉁이를 꼭 붙들고 있었다.

"비브, 강렬한 사진이네요." 나는 말했고, 사진은 바로 그랬다. 엘렌은 뱀처럼 구불구불한 미끄럼틀로 향하는, 길고 거의 수직인 계단을 올라가고 있었다. 난간을 꼭 잡고 서 있는 아이는 계단에 혼자 있기에는 너무 어려 보였다. 거기에는 아이들과 함께 계단을 오르고 있거나 미끄럼틀 맨 아래에서 아이들을 받아줄 준비를 하고 있는 부모들이 많이 있었다. 하지만 엘렌은 위태로운 계단에 혼자 있었다. 왜인까? 왜냐하면, 비비안 마이어가 그 장면을 찍느라고 바빴기 때문이었다. 나는 그런 그녀에게 엘렌을 맡겼다. 그리고 왜 나는 다른 부모들처럼 거기에 있지 않았을까? 사진 속에는 아버지들도 있는 걸 보면 그날은 일요일이었음에 틀림없다.

"계단이 얼마나 가파른지 느낄 수 있죠, 그렇지 않나요?" 그녀는 열광적으로 말했다. "얼마나 높은지도요!".

나는 가방에서 돈을 찾다가 사진을 다시 보니 훨씬 더 심해 보였다. 나는 비브를 바라보았다.

"예술은 편안함을 느끼는 장소가 아니에요." 그녀가 말했다.

이제는 내가 엘렌을 그 조잡한 금속 계단에 내버려 두었다는 사실을 더 이상 생각하지 않지만, 내 생각 속에서 이는 내가 자진해서 다른 사람의 손에 맡겼던 그 애의 어린 시절 전체를 그린 그림으로 남았다. 나는 다시 시간의 흐름에 대해 생각했고, 단지 곧장 다시 내려오기 위해 올라가고 있는 작은 존재들을 보며 우울함에 사로잡혔다.

엘렌
지난 사 년 동안 우리는 서로 옆 반이었지만, 조셉은 인기가 너무 많아서 크리스마스 연극 총연습 때까지 나의 존재를 몰랐다. 진짜처럼 보이게 하기 위해서 (당나귀 대신 짚으로 만든 크리스마스 염소로 바뀌어도 아무도 중요하다고 생각하지 않겠지만) 주인공 역할들은 머리카락이 짙은 친구들에게 주어졌고, 나는 드디어 내 머리카락 색깔 덕분에 마리아 역할을 맡았다. 천사 합창단은 머리색이 밝았다. (저 모든 금발머리 친구들이 서기 0년 무렵, 중동에서 무엇을 했는지 도대체 누가 알까?) 나는 두 번 등장했고 대사는 한 줄이었는데, 머리핀으로 고정한 자주색 스카프가 계속 벗겨졌다.

교회 의자가 가득 채워졌고, 마이어 선생님은 그중 어딘가에 앉아서 정신적인 전보로 자신의 얼굴을 향해 자부심과 기대감을 톡탁톡탁 발송하고 있었다. 선생님은 말하지 않았지만, 나는 선생님이 나를 사랑한다는 것을 안다. 천사가 장차 다가오는 수태에 대해 나에게 말하고, 나는 내가 해야 했던 대로, 놀라서 주위를 둘러보며 "그러나 어떤 남자도 저를 알지 못합니다."라고 말하던 내 첫 번째 무대 등장 동안, 요셉과 동방박사들은 술에 취한 것 같았다. 왜냐하면 수태고지가 끝나고 내가 돌아왔을 때 요셉은 두 눈에 성체를 올려놓은 채로 동방박사들이 성체를 던져 명중시키려던 입을 벌리고 바닥에 누워 있었기 때문이다. 동방박사 중 한 명이 나에게 "할-렐-루-야"라고 말했다. 순식간에 나는 깨달았다. 삶은 우스꽝스럽다는 것을. 그러나 나는 그 깨달음을 곰곰이 생각할 수는 없었는데, 왜냐하면 거기에 성냥이 없었기 때문이다.

"성냥을 찾을 수가 없어." 나는 점점 더 크게 말했고, 마침내 요셉은 눈에서 성체를 쏟아내리고 일어나서 성찬식 포도주의 마지막 한 모금을 마셨다. 나는 초를 들고 불이 밝혀지기를 기다리며 서 있었는데, 이는 예수님의 탄생을 상징한다. 모두가 보고 있었다. "그럼 초를 밝히지 않은 채로 그냥 들어가야 해." 요셉이 말했다. 요셉은 내 팔을 잡고 나서 양치기의 지팡이 중 하나를 들었는데, "하지만 그렇다면 예수님은 아직 태어나지 않으신 거야." 나는 이제 우리가 교회 안으로 들어섰기 때문에 속삭였는데, "뭔가 생각해 낼게"

하고 요셉은 내 눈을 들여다보며 속삭였고 - 요셉의 멋진 얼굴이 내 얼굴과 너무 가까이 있어서 느낌이 이상했다. 우리가 통로를 따라 올라가는 동안 요셉은 지팡이를 돌바닥에 쿵쿵 두들기며 강렬한 걸음걸이를 만들어 냈고 나는 두 손으로 초를 들고 앞으로 나아갔다.

내레이터
소설 속에서는 아기가 태어날 때 아기가 우편으로 발송되었다는 느낌이 들곤 합니다. 아기는 배달됩니다. 나이가 많은 등장인물 중 한 사람이 나가서 아기를 안아 들고 독자에게 보여주고 난 뒤에는 그 아기가 말을 할 수 있거나 다른 방식으로 소설 속 사건에 일조할 수 있을 때까지 대개 차가운 창고에 뉘어 놓습니다. 예수는 예루살렘 성전에서 율법 학자들을 가르치던 열두 살 무렵에서야 비로소 재등장합니다.

비브
샹소르 사진 현상소 주인은 내 편지에 아무 대답도 하지 않았는데, 어쩌면 내 편지가 아예 도착하지 않았던 것이고, 어쩌면 그가 답장 쓰는 일을 제쳐놓았던 것인데, 그러나 잊어버렸거나 혹은 아예 안

썼거나, 어쩌면 그는 죽었을지도 모른다. 어쩌면 그것이 최선이겠다.

(언젠가는 내가 얼핏이라도 볼 수 있기를 바라는) 수전 손택이, 내가 중고로 구한 《사진에 관하여》에서, 토드 워커나 듀안 마이클스 같은 사진가들의 작품들의 경우에만 뒤에 누가 서 있는지를 분명히 말할 수 있다고 쓴 부분에서, 나는 그녀가 제대로 파악하지 않고 있다고 여겼는데, 왜냐하면 이 두 사진가들은 각각 전자는 태양이 비치는 사진으로, 후자는 서사 사진 연작(나는 외투에 의해 납치되는 아이를 찍은 사진을 좋아한다)으로 매우 전문화되어 있기 때문이다.

캐롤라인이 내 작업을 좀 보자고 자꾸 졸라대서, 장차 앞으로는 다른 곳에서, 어쩌면 지금부터 매번 또는 거의 매번 새로운 곳에서 필름을 사기 시작할 수도 있다. 내가 만드는 사진은 너무 좋아서, 만일 전문가들에게 보여주기 시작한다면, 나는 결코 다시는 평화를 즐기지 못할 것이다. 결코 아무도 내 방을 보지 못할 것이다. 아무도 내 몸을 보지 못할 것이다. 아무도 내 가족을 보지 못할 것이다. 아무도 나를 '시스'라고 두 번 불렀던 오빠의 행방을 알지 못할 것이다. 나는 보면서 걸어 다니는 것을 계속할 것이다. 나는 나의 심장이 내가 걷고 있는 와중에 멈추기를, 나의 외투나 원피스가 - 계절에 따라 다르겠지만 - 나의 '숲의 향연 지역'을 덮는 방식으로 쓰러지기를 바란다. 그와 같은 어리석은 표현은 사라질 때가 되었다.

내레이터
불행을 파헤쳐서 뚫고 반대편으로 나가세요.

비브
그들은 술을 마시다가 그때는 통통했던 내 뺨을 잡고 나를 들어 올려 바닥에서부터 몇 센티미터 위에서 떠 있게 하더니 나는 평생 '미쓰'였지만, 나를 흰 쥐라고, 어린 '미시즈'라고 불렀고, 그들이 나를 오빠의 무릎에 내려놓았기 때문에, 나는 팔꿈치로 그의 가슴을 찔렀다.

"비비안, 바지 한번 참 멋진 걸."

"숲의 향연 바지예요." 나는 말했다.

"그런데 왜 숲의 향연 바지라고 하지?" 칼이 물었다.

"모르겠어." 나는 대답했다.

"고무줄은 없이 통만 넓기 때문이지." 아버지가 대답했다.

"그런데 바지가 왜 그런 건가?" 그날 같이 있었던 율리우스 하우저가 물었다.

"그러면 숲에서 누워서 뒹굴 때 바지를 벗을 필요가 없어요." 아버지가 대답했다.

내가 아버지의 손을 깨물어서, 그들은 나를 파충류라고 불렀고, 나는 복도를 지나 어머니가 있는 부엌으로 기어 갔지만, 어머니는 나를 바닥에서 일으켜 주지 않았는데 그랬다면 자신의 비극을 끌어 안아야만 했을 터였다.

문 대신 끈으로 주름을 잡아 당겨 놓은 천이 달린 찬장들을 보며 부엌 바닥에 누워 있었을 때, 나는 배꼽부터 양쪽 허벅지 한가운데까지의 숲의 향연 부위 역시 찬장이었음을 자각했다. 그들은 무언가를 꺼내려고 그것을 열어보려 했고, 지금 나는 그들이 그것을 열지 못했기 때문에 그중 누구도 나를 좋아하지 않는 여기에 누워 있다.

만일 내가 오빠였다면, 나 또한 이름을 바꾸었을 것이다. 그는 '아버지 돌'('망자'라고도 불리는 '돌 돼지')에 의해 강제로 돼지가 되었고, 돼지우리에서 도망쳤다. 새로운 장은 이렇게 제목 붙여진다. 윌리엄 제사드, 돼지와 별개인 남자.

그러나 그렇다면 나는 그것을 무엇이라고 불러야 하는 거지?

내레이터
극히 간단히 '사타구니'입니다.

비브
만일 사람들이 섹스를 생각하는 데 쓰는 시간 전부를 정의를 생각하는 데에 썼다면, 세상은 아주 달리 보일 것이고 - 성 혁명 내내 처녀로 지낸다면 무언가를 이룰 것이다. 그저 간단히 머리만 빗고 나서면 된다. 아니면 모자를 쓰는데, 그러면 샴푸를 절약하게 된다.

오늘은 서커스 단원처럼 보이는 사람들 몇 명이 밖에서 서 있던, 스트립 바 사진을 한 장 찍었는데, 사실 그들은 일종의 성행위 곡예사들이었으며, 한 사람은 물구나무를 서 있느라 그녀의 원피스가 허리까지 미끄러져 내려와 속바지가 보였고, 신발을 한 짝만 신고 있던 다른 사람은 양단 원피스 위에 내가 입고 다니기 좋아하는 종류의 남성용 셔츠를 입고 있었다. 그들은 오후의 스트립쇼를 약속하며 깜빡거리는 간판 아래에서 유쾌한 동시에 비참한 모습으로 서 있었다. 오직 저들만큼이나 비참한 사람들만이 저들의 비참한 얼굴과 손을 만지고 저들을 둘러싼 비참한 공기를 들이마시고 싶겠지.

내레이터

아마도 당신은 그저 '아버지 노래'에 대한 기억을 파고 들어가야 하고, 그러면 우리가 근친상간이나, 준 근친상간에 대한 문제를 단번에… 끝낼 겁니다. 그러면 어떨까요. 그러면 그 문제는 끝나고, 우리는 덜 파헤쳐진 문제들을 따라가 볼 수 있습니다. 당신은 이성에, 혹은 제가 뭘 알겠습니까만, 동성에 관심을 가지게 될지도 모를 일입니다. 그나저나, 라스베이거스의 어느 슈퍼마켓에서 당신이 - 원망하는 시선으로 - 바라보았던, 출구를 향해 걸어 나가서 먼지투성이 픽업트럭을 타고 당신의 인생에서 사라졌던 큰 키의 아메리카 원주민이 있지 않았나요? 더 깊이 파고 들어가 보세요. 나는 당신이 로맨스 영화를 좋아하면서도 누군가의 손을 꽉 쥐었다가도 많이 움츠러든다는 게 조금 이상하다는 생각이 듭니다. 오, 당신의 수직이건 수평이건 모두 여전히 순결한 입술은, 그것은 프랑스어(당신이 빨리 익혔지만, 언제나 당신의 미국식 억양에 붙어 있거나, 그 반대로 미국식 억양의 얇은 막을 입힌 프랑스어)로 아름답지 않나요, '르 수리르 베르티칼 le sourire vertical (주: 1973년에 제작된 프랑스 영화)'. 또는 제가 조금 기여하자면, '아래쪽의 미소'라고 할까요? 당신이 쉬는 목요일과 일요일에 보는, 사람들 사이에서 사람을 강하게 끄는, 대단히 매력적인 운명적 끌어당김에 대한 이 모든 영화들을 이해하기 위해 당신은 어떤 기초를 가지고 있나요. (당신의 카메라가 사진 한 장을 찍는 데 걸리는 1초의 60분의 1 동안만 사람들을 당신의 상자 안으로 초대할 뿐인 당신이 말이죠.)

만일 부모님의 자리가 누군가 사랑하는 사람의 그것으로 대체되지 않는다면 어떻게 부모님에게서 벗어날 수 있을까요? 만일 당신의 존재 전체가 하나가 되어, 함께 묶이고, 혼자가 되었다가, 함께 묶이고, 혼자가 되는 육체적 사랑에 뛰어들지 않는다면요? 그래요, 저는 그저 묻고 있습니다. 글쎄요. 아마도 둥지를 벗어나려고 아주 강하게 박차고 나와야 하지 않을까요.

비브
만 레이가 1932년에 찍은 사진 한 장을 보자. 유감스럽게도 제목이 없지만, 나는 이 사진을 〈왜곡된 조타실〉이라고 부른다. 간단히 설명하자면, 직선이 없는 방에서… 도수가 전혀 맞지 않는 안경을 쓰고 앞을 보는 것처럼… 문들이 부풀어 오르고, 창문들이 부풀어 오르고… 모습이 왜곡된 검은 피부의 남자가 서서 키를 돌리고… 그는 자신의 주위에서 여성의 얼굴을 원 모양으로 돌리며 그린다. 아마도 모든 비참함 혹은 **혼란** - 직선의 결여는 선실이 물로 차 있다는 사실 때문일지도 모른다.

부엌 조리대에 있는 라디오에서 메리 마틴이 부르는, 오래된 1938

년 버전의 '아버지 노래' 〈나의 심장은 아빠의 것〉이 흘러나왔을 때의 이야기이다. 당시는 전후 시기였고, 어머니와 아버지는 다시 재결합을 시도하지만, 쉽지 않았다. 아버지는 쾅 하고 문을 닫으며 떠났고, 우리는 아버지가 계단을 쿵쾅거리며 내려가는 소리를 들었고, 곧 아버지가 아래의 보도에서 나타나는 광경을 (이 무렵 오빠는 이미 우리를 떠났고, 어머니와 내가 부엌 창문을 통해서) 바라본다. 어머니는 내 팔을 꽉 붙들고, "아버지를 쫓아가 봐. '아버지 노래'를 불러." 혹은 이렇게 말한다. "만일 다른 방법이 없다면 그때는 '아버지 노래'를 불러. 무슨 수를 써서라도 아버지가 되돌아오게 해야 해." 혹은 어머니는 마치 이 일은 전혀 대수롭지 않은 일이라는 듯이 "가서 이 노래를 아버지에게 불러 드려."라고 쉽게 말하는데, 왜냐하면 바로 그 시점에 라디오에서 그 노래가 수억 번째 나오고 있기 때문이다.

1929년에 아버지에게서 벗어나 아주 행복했던 엄마가 지금은 아버지를 원하는 이유를 나는 이해하지 못한다. 그러나 그때와 지금 사이에는 어쨌든 세계 대전이 한 차례 있었고, 우리는 거울 속의 자신을 다르게 바라본다. 적어도 다시 그 일이 우리가 살아있다는, 하나의 습관이 될 때까지는.

아니, 그것은 전쟁 전이었다.

어쨌든, 나는 - 언제라도 - 나갔다. 계단을 내려가서 거리로. 창문가에 있는 어머니를 올려다본다. 길 건너. 우리집은 길이 구부러진 곳에 있다. 이런 집들은 특별한 무언가가 있다. 모퉁이에 있다는 뜻이다. 거기에 아버지가 있다. 나는 아버지의 외투 뒷자락을 잡고, 아버지는 돌아서서 나를 떼어내고자 하지만, 그때 나는 입을 벌리고 노래를 부르기 시작하는데, 내게는 벗어 들 모피 코트도 없고, 뮤지컬에서처럼 시베리아 열차역이 나타나지도 않고, 돈을 더 달라는 소년들도 없지만, 나는 일어나서 아버지 주위를 휘감아 들고, 핸들을 돌리고 있는 것은 엄마이고, 나는 키가 작은 아버지보다 크고, 그래서는 안 되기에 깡마른 무릎으로 꿇어앉아야 하고, 그래서 '내 심장이 아버지에게 속한다'는 그 아래서부터 들려 오고, 어머니는 돌리고 또 돌리고, 나는 아버지가 "그만 해."라고 할 때까지 아버지의 주위를 어지럽게 맴돈다. 그러나 그때쯤이면 나는 아버지(나의 폭풍, 나의 위대한 벨기에 말, 나의 배)를 돌려세웠고, 우리는 어머니가 안을 차지한, 미친 조타실로 돌아간다.

그러나 그 다음번에는 아버지를 돌려세우지 못했고, 그것이 마지막이었다. 영원한 이별. 그것은 계획된 것이었고, 청회색 여행 가방 하나가 아버지의 손에서 흔들리고 있었다.

나는 아버지가 고통을 느끼는 모습은 한번도 보지 못했다. (나는 만취 상태는 인정하지 않는다.) 그 모습이 어땠는지 조금이라도 보고 싶었다. 아버지는 너무나도 쉽게 벗어났다.

엘렌

오늘 우리집 바로 앞의 거리에서 무슨 일이 일어났다. 나는 엄마와 마이어 선생님과 함께 정원에 서서 그 광경을 보았다. 조앤의 오빠가 자전거를 타고 오는데, 차 한 대가 조앤의 오빠를 향해 달려왔으며, 그때 조앤이 자기 집 정원에서 그에게 소리를 질렀고, 그는 고개를 돌려 조앤에게 대답했는데, 고개를 돌리는 바람에 비틀거리다가 도로 한가운데로 나가버렸다. 차가 그와 부딪쳤고, 그는 보닛과 지붕 위로 날아가 한 바퀴를 돌고 (처음에는) 도로에 (말도 안 되게) 두 발로 착지했지만 곧 넘어져서 다쳤다. 자전거는 완전히 구겨져 있었다. 우리는 모두 함께 그에게 달려갔고, 조앤 남매의 엄마도 달려와서 외쳤다. "세상에, 나는 개가 치인 줄 알았어요."

심각한 일은 전혀 아니었고, 그는 말도 할 수 있었다. 그럼에도 사람들은 구급차를 불렀고, 그는 담요에 싸여 꼼짝도 하지 못하고 누워 있어야 했고, 이제 개도 왔다. 그의 어머니가 개를 품에 껴안았고, 마이어 선생님이 찍은 사진 속에서 그걸 볼 수 있는데, 선생님은 그 사진을 내게 선물로 주셨다.

세라

오늘 비브가 와서 나에게 사진을 한 장 더 팔고 싶다고 말했다. 돈이 바닥난 것이 분명하다. 그것은 수년 전에 나를 찍은 사진인데,

사진 속에서 나는 학교 운동장 주스 가판대 옆에 서 있고, 엘렌은 가판대 아래에 앉아 있다. 파티는 끝난 뒤였다. (무슨 파티였는지는 기억이 안 난다.) 학교 운동장은 텅 빈 채 아무도 없었다. 나는 피곤하고 짜증이 났지만 날씬해 보이는데, 아이들은 어디로 간 걸까? 다들 엘렌만 두고 가 버렸나? 엘렌은 혼자서 가판대 아래에서 웅크리고 있었다. 확연히 나는 그것을 걱정하지 않았고, 그것은 분명히 드러난다.

나는 그 사진을 갖고 싶지 않았기 때문에 고개를 저었다. 비비안은 이를 이해하지 못했다. 아마도 그녀는 이 사진에서, 내가 주스 가판대처럼 기억할 만하거나 조금도 기억할 만하지 않은 사건들의 흐름 속에서 나도 역시 일상에 참여했다는 사실을, 내가 그저 삶을 일로 흘려보내거나 장미 화단에 머리를 처박고 있지는 않았다는 것을 볼 수 있다고 생각했는지도 모르겠다.

피터

우리집 근처는 아니지만 인근 지역에서 아주 끔찍한 일이 일어났다. 보모로 일하는 한 여성과 그녀의 어린 아기가 엽기적으로 살해당했다. 비브는 그 사건에 푹 빠져 있었는데, 자신과 같은 처지의 사람에게 일어난 일이었기 때문이었다. 그녀는 (마치 자기 생명이 위험에 처한 듯 나의 보호를 요구했고) 신문을 들고 달려와서는 내 앞에 놓더니, 내가 엘렌의 선반을 만들어 주고 있던 작업대 위에 신문을 펼쳤다.

시카고 트리뷴, 1972년 9월 12일
아기와 함께 살해된 엄마

어제 아침 마운트 프로스펙트의 한 교회 주차장에서 27세 여성과 그녀의 18개월 된 딸이 구타당한 채 알몸 의 시신으로 발견되었다.

부검 결과, 노스 미드 애비뉴 5744번지에 거주하는 바버라 플래너건은 머리에 날카로운 타격을 입었거나 목이 졸려 사망한 것으로 밝혀졌다. 딸 르네는 성적 학대를 당한 후 구토로 인한 질식으로 사망했다. 부검에서는 플래너건 역시 성폭행을 당했는지는 밝혀지지 못하였다

"이것은 분명히 정신 이상자의 소행"이라고, 마운트 프로스펙트 경찰서장 버트 기든스는 언급했다.
6명으로 이루어진 마운트 프로스펙트 경찰 수색진이 노스 메인 스트리트 407번지에 있는 커뮤니티 장로교회 주변 지역을 탐색했다. 두 사람의 시신은 교회 주차장에서 똑바로

누워 있는 채로 발견되었다. 회색 담요 한 장으로 피해 여성의 일부가 가려져 있었다.

담요에서는 2피트 길이의 전선 토막이 발견되었다. 전선은 가해자의 차에서 나왔을 수도 있지만 시신에는 전선 흔적이 없었기 때문에 살인 무기는 아닌 것으로 보인다고 경찰은 밝혔다.

경찰은 플래너건과 딸이 지난 토요일 오후 3시에 밀워키 애비뉴 버스에서 내렸을 때 마지막으로 목격된 밀워키 애비뉴와 임레이 스트리트 근처의 산림 보호 구역을 수색 중이었다.

플래너건의 남편 데니스(30세)에 따르면, 피해자는 한 남성을 만나기로 했었고, 그의 병든 어머니와 어린 두 자녀를 돌보기로 당일에 사전 약속되었다고 한다.

그는 자신의 아내가 노스 밀워키 애비뉴 5700번지에 있는 한 슈퍼마켓 게시판에 베이비시터 구직 광고를 붙였다고 말했다. 피해자에게 전화를 걸어 자신의 어머니와 아이들을 돌봐달라고 부탁했던 남성은 사고 후에 경찰이 존재하지 않는다고 확인한 주소로 와달라고 말했다.

플래너건은 남성에게 자신이 버스를 타고 그 주소로 가야 한다고 말했고, 남성은 버스 정류장에서 만나겠다고 말했다고, 그녀의 남편은 밝혔다. 피해자는 집을 떠나기 전에 큰딸 로라(7세)를 위층에 사는 시아버지 오티스에게 맡겼다.

버스 운전사는 버스 정류장에서 약 30세의 남성이 여성과 아이에게 접근했고, 여성과 아이는 그 남성과 같이 걸어갔다고 경찰에 진술했다.

버스 운전사는 경찰의 성범죄자 사진을 보고 자신이 정류장에서 목격한 남성임을 확인했다. 경찰은 운전사가 대면 수사에서는 사진으로 식별된 범죄자가 자신이 목격한 남성과 동일인인지를 확인하지 못 했고, 그 남성은 풀려있다고 밝혔다.

피해자들의 시신은 오전 7시 20분경 교회 맞은편 노스 메인 스트리트 48번지에 사는 영업사원 도널드 디트먼(47세)에 의해 주차장에서 발견되었다. 시신 2구는 그가 주차장에 주차해 둔 차의 왼쪽 앞바퀴 앞에 놓여 있었다.

디트먼이 시신을 발견하고 경찰에 신고하기 몇 분 전, 익명의 여성 신고자가 마운트 프로스펙트 경찰에게 그 주차장에서 엄마와 딸이 발견될 수 있을 것이라고 알렸다.

사건 발견 한 시간 전에 차를 몰고 지나간 운전자인, 노스 메인스트리트 413번지 거주자 케네스 크런즈는 주차장에서 다른 차 한 대를 봤다고 나중에 경찰에게 진술했다.

살해된 여성의 남편 데니스 플래너건은 부친 오티스 플래너건의 부축 속에 관영 영안실을 떠나면서 손수건에 얼굴을 묻고 있다.

비브
맨 처음부터, 즉 게시판부터 시작하겠다. 여기에서는 일상이 지배하며, 자전거를 팔고 싶어하는 사람도 있고, 잔디를 깎아 주겠다는 사람도 있다. (살인범은 아마도 플래너건의 쪽지를 가져갔을 것이다.) 살인범은 장을 본 뒤 돈을 내고 그물 망으로 된 지저분한 시장 가방을 들고 서서, 여기서 냄새를 포착했고, 여기서 피 냄새를 맡았으며, 여기서 머릿속에 범행 계획을 꾸몄다. 그래서 나는 교회로 가서 주차장을 돌아다닌다. 나는 범죄 현장에 가 본 적이 한 번도 없었고, 그리고 시신들이 발견된 장소에서는 출입 통제선과 또한 경찰들이나 현장을 기웃거리는 호기심 많은 사람들을 기대했지만 아무도 없었다. 그럼에도 심장이 빨리 뛴다. 사체는 이곳에 유기했지만, 그렇다면 폭행은 어디에서 일어났을까? 나는 가방에 녹음기를 갖고 있지만 물어볼 사람이 아무도 없다. 왜 살인범은 사체를 교회 앞에 유기했을까? 그것이 훨씬 더 변태적이지 않은가. 간호사와 보모에 집착하는 남자들도 있다지만, 왜 아기까지? 정말 어린 아기들이 바닥에서 기어다닐 때면, 나는 혹시라도 아기를 발로 차게 될까 봐, 만일의 경우에 대비해 바닥에 앉아서 내 발을 깔고 앉아 그러한 두려움이 사라질 때까지 기다린다. 도널드 디트먼도, 케네스 크런즈도 집에 없었는데, 어쨌든 내가 초인종을 눌러 버렸을 정도로 참을성이 없어졌음에도 불구하고 아무도 문을 열어주지 않았고, 결국 디트먼의 집에서 나의 인내력은 바닥났다.

지금 나는 초상집 앞에 서 있다. 두 층 모두 커튼이 쳐져 있다. 오티스 플래너건은 꼭대기 층에 산다. 아마도 그는 두세 가지 질문에 답할 수 있을 정도의 정신 상태일 수도 있다. 나는 커튼이 움직인다고 생각하고, 꽃다발을 든 손을 들어 올린다. 일곱 살짜리 아이도 있다는 사실을 상기해야 하는데 - 그 아이의 아버지에게는 계속 살아갈 이유가 있는 것이다. 이제 그 세 사람은 작은 집단이 되고, 아버지와 할아버지는 어머니를 대신하는 일에 자신들의 생을 써야

하며, 아마도 그들은 보모가 필요하겠지만, 이곳은 사람을 쓰지 않는 집들로 이루어진 서민 동네이다. 아무도 집에서 나오지 않는다. 나는 꽃다발을 계단에 내려 놓았다.

나는 신문에 오르내리는 일보다 더 고약한 일은 상상이 안 된다.

엘렌
마이어 선생님이 노숙인들에게 좋은 충고를 할 수 있도록 우리가 가던 길을 멈출 때, 그들은 선생님을 '키키'(선생님은 그들에게 그것이 자기 이름이라고 말했다)라고 부른다. 선생님은 좋은 충고를 하는 것을 아주 좋아하는데, 예를 들어, "이제 막 쓰레기로 버려진 낡은 매트리스를 봤어요. 내가 당신이라면, 다른 사람이 채어가지 못하게 서두를 거예요. 당신이 쓰는 종이 상자보다 훨씬 나아요."라고 말한다.

세라
"비브, 아무래도 안 되겠네요."
"그렇게 생각하세요?"
"네, 다른 일자리를 찾아야 한다고 생각해요."

"그렇게 생각하세요?"

"네, 또 엘렌이 얼마나 컸는지 봐요. 더 이상은 당신이 필요하지 않아요."

"일전에 두 분이 이제 엘렌이 너무 컸다면서 위탁 아동을 돌보는 생각을 이야기했던 게 기억 나네요. 그냥 저를 들일 수는 없을까요?"

"하지만 그것은 우리가 생각했던 것과는 같지 않네요."

"그렇군요."

피터

맙소사, 어떻게 그렇게도 많은 물건들을 모았는지, 그게 다 무슨 물건들인지 모르겠다. 진입로에 벼룩시장이라도 하나 들어선 것만 같았다. 일부는 종이 상자에, 나머지는 가방과 비닐 봉지와 플라스틱 용기와 심지어 대야에도 들어 있었다. 나는 친절하게도 그녀를 데리러 오겠다고 했던 그녀의 새 고용주가 이 광경을 보고 서둘러 다시 차를 몰고 떠날까 봐 두려웠다. 그는 (충분히 현명하게도) 랜드로버를 몰고 왔고, 우리는 함께 짐을 모조리 싣고 나서 단단히 묶었다.

내레이터

비비안의 사진 한 장이 생각납니다. 그 사진은 기차에서 막 내려서 자신들의 짐 옆에 서 있는 한 가족을 보여줍니다. 어머니는 한 팔에 아기를 안고 있고, 어린아이 둘이 부부 옆에 서 있는데, 이들은 여행 가방들과 종이 상자들로 둘러싸여 있습니다. 그리고 우리는 스스로에게 이렇게 묻습니다. 도대체 저기서 어떻게 빠져 나갈까? 그 짐들을 다 옮기기에는 손이 충분치 않은 겁니다.

세라

내가 정말 나쁜 사람인 것만 같다. 그러나 또한 안심이 되기도 한다. 그리고 피터와 엘렌과 나는 최근에 더 가까워졌다. 나는 그녀에게 작별 표시로 특별히 두툼한 봉투를 건넸다. 그녀가 물건들을, 특히 중고품들을 얼마나 많이 샀는지 한번 봐야 한다. 게다가 그녀는 주운 물건도 많은데, 내가 그것을 아는 이유는 그녀가 가끔씩 와서 이런저런 물건들을 보여 주면서, 어디에다 쓸지 제안해 달라고 했기 때문이다. 그녀는 엘렌에게 쓰레기통을 뒤지는 법을 가르쳤다. 엘렌의 방에는 온갖 전리품들로 가득한 선반이 하나 있는데, 딱 선반 하나로만 유지하는 조건이다.

엘렌

우리가 작별 인사를 나누고 나서 마이어 선생님이 차에 앉아 있었을 때, 나는 엄마가 아버지와 나를 감싸 안지 말았어야 한다고 생각한다. 그것은 선생님을 너무도 외롭게 보이게 만들었다. 나는 선생님의 고요함이 그리울 것이다. 아, 얼마나 선생님이 그리울까 - 나는 차를 따라 쫓아가면서 소리를 지르고 싶었다.

비브

그들이 가족이라고는 아무도 없는 자기들의 늙은 도우미를 조금이라도 걱정해 줄까? 내가 살아가는 일을 두려워하게 된 건지, 누가 말 좀 해 줄래요? 누구 없나요? 이윽고, 우리는 헤어진다.

피터

전화가 왔다. 아까 만난 친절한 신사였다. 평소에는 아주 튼튼했던 랜드로버의 스프링이 무게를 못 견디고 끊어졌단다! 그는 그 일을 좋게 받아들였다. 그는 내가 알아야 한다고 생각했다고 말했다. 우리는 함께 조금 웃었다. 물론 나는 수리비를 내겠다고 제의했고, 어떤 면에서는 그녀가 그의 집에 도착하기 전까지는 내 책임으로 여겨질 수 있다고 느끼는데, 가는 길에 이런 작은 사고가 생겼던 것이다. 그러나 그는 내 말을 듣지 않을 작정이었다.

비비엔

종종 높은 곳에 산다는 점에서 나는 운이 좋다. 지금 나는 집에서 조금 떨어진 곳에 있는 미스터 마쉬의 병원 위층에 살고 있다. 낮에는 하루 종일 아래층이 굉장히 붐비고 소음이 들려오지만, 나는 낮 동안엔 여기에 없기 때문에 상관없다. 병원 때문에 이 집은 정말 일요일일 때만 일요일이지만, 주변의 다른 집들은 일 주일 내내 일요일에 휩싸인 듯한데, 아침이면 가장들은 출근하고 아이들은 학교에 가고, 오후에 모두가 집에 돌아오더라도 고요함은 넓은 잔디밭에 스며들어 있어서, 정원사, 미화원, 배관공, 피아노 조율사, 보모가 하는 일들 말고는 눈에 띄는 활동이 없다.

 밤에는 너무 지쳐서 나무며 관목에 시선을 주는 것 이상은 아무것도 할 수 없다. 남부에서는 집주인이 두 개의 가족을 거느리는 일이 어떻게 드물지 않았을까 하는 생각이 떠오르는데, 진짜 가족이 사는 큰집과 흑인 보모와 (낳은) 연한 갈색 피부의 아이들이 사는 마당 안의 작은집이 있다. 백인 여주인은 대개 못 본 척 넘어갔는데, 남편이 사창가를 들락날락하다가 험한 병에라도 걸려서 자신에게 옮기는 것보다는 그 편이 나아서 그녀도 합의를 했던 것이다. 더욱이 당시 대규모 농장에서는 농장주들이 그들의 노예의 '아래쪽

지역'에 자유롭게 접근하는 것이 전통이기도 했다.

"미시즈 마이어…"

"아닙니다, 미스 마이어입니다. 그리고 이에 자부심을 느끼죠."

미스터 마쉬

아침에 그녀가 아이들과 같이 나가는 모습을 보면, 군사 작전을 지휘하며 전투로 임하러 나서는 어떤 장군처럼 느껴진다. 명령이 지배한다. 또한 훈육도. 유모차에 앉아 있는 폴조차도 중요한 일이 일어날 것이며 저항할 도리가 없다는 것을 이해하는 것만 같다. 그녀는 레이먼드에게 유모차를 맡기고는 마치 훈련이라도 하는 듯이 두 팔을 크게 휘두르며 앞장서서 걸어간다.

말도 안되는 양의 소지품을 대야며 종이 상자 속 말도 안되는 엉망진창 속에 담아 놓은 여성이 나의 개구장이 아들들을 나란히 줄세워 행진하며 오고 있다는 사실이 나는 이해하기 어렵다. 그녀는 프랑스계 유대인이고, 그녀는 자신을 비비엔^{Vivienne}으로 부르라고 했다.

병원 천장이 휘어지기 시작했기 때문에 철제 대들보로 보강을 해야만 했는데, 나는 마침 내가 치료하고 있던 환자와 내 위로 천장이 무너져 내리는 악몽에 시달렸다.

미시즈 마쉬

오늘 슈퍼마켓에서 비비엔과 우연히 마주쳤는데, 그녀는 사람들에게 워터게이트에 대한 논평을 따 내려고 녹음기를 들고 돌아다니고 있었다. 그녀는 나에게도 다가왔고, 나는 정말 당황했다, "그러나 틀림없이 그 사건에 관한 의견이 있을 거에요." 그녀가 계속해서 말했다. "말씀해 보세요." 사람들은 서로서로를 바라보았고, 분명히 그녀를 꽤 특이하다고 여기고 있었다.

비비엔

곧 이곳에 들어서는 게 까다로워지겠지만, 이곳은 나의 보금자리이며 나의 안전지대이다. 미스터 마쉬는 불평 없이 - 자신이 환자의 입 속을 쑤셔대고 서 있는 동안 내가 환자의 무릎 위로 내려앉는 것을 원할 리가 없으니 - 천장을 보강해 주었다. (비로소 그때가 살짝 나의 메리 포핀스 같은 순간이겠지만, 그러나 메리 포핀스라면 추락하기보다는 가볍게 날아다닐 테지.)

나는 제대로 '집'이라고 부를 만한 저택에서 잔디밭을 가로질러 병원과 내 보금자리가 있는 작은 건물로 간다. 그러나 반짝이는 쿠바산 마호가니 가구들과 주둥이와 손잡이가 달린 중국 물건들에 둘러싸여 있는 것이 한가한 순간을 덜 두렵게 만들지는 못한다. 어쨌거나 미시즈 마쉬는 가만히 있지를 못한다.

나는 저택의 방 한 칸보다는 이런 조건을 선호한다. 잔디밭을 가로지르는 산책은 '질서와 번영'과 내 소유물 사이에서, 하나의 공간을, 새로운 장을, 페이지 넘김을 표시한다. 그럼에도 오늘 나는 골판지 자투리에 내 이름을 써서 은쟁반의 은색 가장자리에 기대어 놓았고, 잠시 골판지 자투리를 그대로 두고 침실로 쟁반이 들어오는 꿈을, 은주전자에서 따른 커피를 마시는 꿈을 꾸었다. 그러나 나는 더 이상 침대에서 잠을 자지 않는데, 침대는 신문이 가득 쌓여 있어서 나는 바닥에 몸을 눕힌다.

나야 알 수가 없지만, 드물지 않게들 신발을 한 짝만 잃어버리거나 버리는 건 아닐까. 오늘 역으로 가는 길에 그런 신발 하나를, 여자 신발 하나를 사진에 담았다. 나는 폭력을 떠올렸다. 신발 주인이 뒤쫓아오는 사람에게서 정신없이 달아나다가 신발을 잃어버렸다고. 신발을 카메라에 담자 그 외로움이 내 것처럼 여겨졌지만 어리석은 생각이었다. 남겨진 신발 한 짝의 외로움은 어딘가 다른 곳에 있는, 아니면 맹렬한 속도로 달려가고 있는 발에 여전히 신긴 나머지

한 짝을 전제하지만 나의 외로움은 그렇지 않으니까.

내레이터

저는 한 사진 전시회에 관련된, 1902년 8월 23일자 〈보스턴 글로브〉의 한 면을 복사한 사본에 돋보기를 대고 앉아 있는데요, 젊은 사진작가 잔 베르트랑의 인터뷰가 실려 있습니다. 저는 의심을 하고 있고, 그래서 아무 일도 일어나지 않습니다. 저는 근시인 동시에 원시인 눈으로 백 년 묵은 글자들을 계속 뚫어지게 들여다봅니다. 이 이야기의 맥락에서 잔 베르트랑이 무엇을 상징하는지 때문이었습니다. 그녀는 (간접적으로) 굉장히 중요한데요, 비비안의 친구이자 멘토였기 때문입니다. 그리고 저는 기자가 사진 전시회를 두고 그녀를 만났던 1902년의 토요판에 매료당했는데요… 그래서… 멈출 수가 없군요… 칠흑 같은 머리에… 너무나도 매혹적입니다. (어리석은 '느낌'이 - 이건 '생각'은 아니기 때문인데요 - 슬며시 고개를 내미는데요, 백 년 전에 살았던 사람들은 오늘날의 인간들만큼 **인간적**이지 않았다는 느낌입니다. 그들이 영화 촬영이나 글에서 제가 알아볼 수 있는 **인간적인** 무언가를 제시하거나 표현할 때면 놀라게 되는데요, 이건 자신들과 피부색이 다른 사람들과는 동일시할 수 없고, 그 사람들이 자신들과 같은 방식으로 고통이나 행복을 느끼지 못한다는 생각에 철저히 빠진 사람들과 마찬가지일 겁니다.) 이민자들을 가득 태우고 뉴욕으로 향하는 선박을 촬영한 이십 세기 초의 영상에서, 뱃전에 바짝 기대고 서서 작은 성조기를 흔들고 있는 사람들 옆에서 자신의 아기를 번쩍 들어 올려서 아기의 손을 잡고 자유의 여신상을 향해 함께 손을 흔드는 한 남성의 모습을 보았을 때 무척 놀랐는데요 - 그 장면은 오늘도 일어날 수 있는 일이었던 겁니다.

지금 저는 계속해서 읽어 내려갑니다. 인물 사진은, 특히 리얼리즘 계통의 인물 사진은 저를 상심하게 하곤 했습니다. 지금은, 지난 몇 년 동안 너무도 많은 사진들을 봐 왔기에, 그런 느낌은 더 이상 들지 않습니다. 그러한 상심이 제가 사진들과 이 책으로 뛰어들게 된 바로 그 이유였습니다. 저는 사진이 우리가 죽으리라는 것을 상기시키는 것이 소위 '유한성의 체험'으로 불리는 '그래왔구나' 하는 익숙한 감각 때문만일 수는 없다고 생각했습니다. 개인적으로 저 자신은 사진을 결코 찍지 않는다는 점을 덧붙입니다. 저는 그런 욕구가 없습니다. 제가 무언가를 기억하거나 상상할 때는, 그것이 움직이고 있는 것을 봅니다.

저는 어떤 결론에 도달했을까요? 모든 가능성 중에서 결국 '신념'이라고 가닥을 잡았고, 그리고 이것은 리얼리즘 계통 내에서도 특정 계파에게만 해당되며, 즉 인간의 속성이나 성격이나 혹은 단지 기분이나 정신상태는 어떤 특별한 순간에 드러난다는 신념입니다. 그러나 저는 실제로 그 사람들을 만날 때처럼, 그 사람의 밖에 있고, 안에서는 무슨 일이 일어나고 있는지 아무것도 모릅니다. 저는 그들이 말을 할 때까지는 알 수가 없습니다. 언어는 모든 것을 드러냅니다. '스타일이 곧 그 사람이다'$^{\text{le style c'est l'homme}}$라고들 합니다. 공허할 수도 있는 말입니다만, 사람들의 속성은 그들이 말하고 글을 쓰는 방식을 통해 뚜렷해집니다. 왜냐하면 말이죠, 이러한 종류의 사진이 우리에게 묻는 질문이 "당신은 누구입니까? 기분이 어떠신가요?"가 아니라면 도대체 뭐가 더 있을까요?

(이제 저에 대해서 무엇이 밝혀졌는지는 오로지 신만이 아실 텐데, 제가 영적으로 말하자면, 원시보다는 근시가 심하다는 점일까요? 지금은 책상에 앉아 있지만 저는 주로 침대에서 일을 하는데요, 제 침대는 크고, 책을 둘 공간이 넉넉하고, 개를 위한 공간도 있는데요, 제 개는 마이어에 따르면 가장 남성적인, 잉글리시 불도그이고, 침대에 올라와서는 안 된다는 것을 잘 알고 있습니다. 녀석은 침실로 슬며시 들어오는데요, 거친 숨소리 때문에 그걸 들키지만 자기는 모르죠. 자신은 평생 그 소리를 들어왔으니까, 못 알아채는 겁니다. 살짝 들어왔다고, 완벽히 조용하다고, 생각하고는 앞발을 침대 위에 올려 놓고 끙끙거리며 뛰어오르면서 그 두꺼비 같은 얼굴에 음흉한 표정이 피어오릅니다.)

어쨌든, 제 시선은 앙드레 지드의 책에 가 닿습니다. 몽테뉴의 수필 선집이 담긴 책입니다. 여기에는 다행스럽게도 다른 시대의 사람들을 인간으로 인정할 수 없다고 제가 앞서 말했던 것과 직접적으로 모순되는 문장이 있습니다.

'모든 인간은 내면에 인간적 상황을 수반한다.'

비비안 마이어는 사진을 십오만 장 넘게 찍었는데, 대부분 인물 사진들로, 인물 주위에 배경이나 맥락이 없이 얼굴을 클로즈업한 사진들입니다. 이를 통해서 제가 어디로 가고 싶은지, 혹은 제가 의도치않게 어디로 가고 있는지는 정확히 모르겠습니다. 왜 그녀는 다른 사람이 아닌 바로 그 사람의 얼굴을 찍었을까요? 그녀는 '흥미로운 얼굴들'이라고 막연하게 부를 만한 무언가를 추구했던 것일까요? 저는 말년에 그녀가 더 이상 사진을 찍지 않던 시기에 어떤 이웃에게 "당신은 흥미로운 얼굴을 가졌어요."라고 했다는 것을 알고 있습니다. 그러니까 '흥미로운 얼굴'이야말로 - 그녀가 적용했던 개념인 듯합니다.

모든 얼굴이 자신이 처한 인간적인 상황을 표현하고 있다 해도, 사진 한 장으로는 상황 전체를 담아낼 수가 없지만 글로는 가능하며, 바로 그것이 몽테뉴의 계획이었습니다. 즉, 자신에 대해 글을 씀으로써 인간에 대한 '모든 것'을 말하는 것입니다. 그러나 더 많은 사람을 찍을수록, 더 많은 상황을 포착할 수 있을지도 모릅니다. 결국에 우리는 상황들에 대한 목록을 얻습니다. 그러나 도대체 상황이란 무엇입니까? 우리에게 기체나, 고체나, 액체로 나타나는 물리적 재료가 있으면 대답하기 쉬울 테지요. 저는 사람들에게 있어서의 상황이란, 예컨대 불안, 기쁨, 기대, 고통 같은 기분과 관련이 있다고 믿는 편입니다. 어쨌든 제 내면의 삶은 (그리고 몽테뉴의 삶도 해당되며, 한 에세이의 상당 부분이 이를 다루는데요) 크고 번개같이 빠른 변화로 특징지어집니다. 저는 한순간은 극도로 행복하다가 다음 순간에는 불행하다는 생각 속으로 빠져듭니다. 저는 다만, 한 장의 사진만으로는 그것을 담아내지 못한다는 것을 말씀드리고 있습니다. 그러자면 일정한 시간이 필요하다는 것이고, 그러자면 글(또는 영화)이 필요합니다. 그리고 그것이 간단히 말해서 한때 사진이 저를 상심하게 만들었던 이유입니다. 그 경직성 말입니다.

비비안 마이어는 인물 사진가나 예술 사진가가 아닌, 거리의 사진가였습니다. 그녀는 얼굴들을 추구했지만, 또한 상황, 인간적인 상호 작용, 행위를 추구했습니다. 한 남성이 자고 있는 개를 품에 안고 서 있는데, 개의 입꼬리가 처져 있는가 하면, 남성의 입꼬리도 아래를 향하고 있습니다. 또는 1950년대의 대다수 성인 남성들과 소년들은 요즘은 볼 수 없는 방식으로 양손을 옆구리에 대고 - 손등은 엉덩이를 향해 안쪽을 향하게, 그리고 손은 약간 바보스럽게 허공을 가리키도록 손목을 돌리고 - 서 있습니다. 아마도 그녀는 50년대와 60년대와 70년대와 80년대를 따라가며, '시간'을 쫓아갔습니다. 아니면 그녀는 단지 수집광이었고 자신이 본 모든 것을 모아들였을 뿐입니다.

그녀는 남녀노소 가리지 않고 그들이 모르게 가까이 다가가서, 어쩌면 집안일을 하다가 잠깐 사색에 잠기기도 하고 (혼자 생각의 바다에서) 표류하기도 하는, 자신만의 생각에 빠졌을 때의 모습을 찍었습니다. 그녀는 그들에게 몰래 다가갔음이 분명했으며, 알려진 바에 따르면 그녀는 조심스러운 모습은 아니었습니다. 키도 크고, 옷차림도 독특했으니까요. 어떨 때에는 허락을 구했고, 사람들이 그녀를 위해 자세를 취해 주었습니다. 그녀가 촬영한 사람 중 다수 (촬영 사실을 알았고, 자세를 취했던 사람들)의 눈과 얼굴은 신뢰와 친절함과 기대로 반짝입니다. 그 사진은 그들을 위한 것이 아니었고, 그들은 사진을 볼 수도 없으며, 그들의 초상은 낯선 사람인 마이어와 함께 미지의 장소로 사라집니다. 그럼에도 그들은 자세를 취했습니다. 바로 그 순간의 강렬한 관심을 위해서이죠. 보여지고, 보존되고, 놀라움을 안긴다는 기쁨을 위해서이고, 인간적인 접촉을 한다는, 순간적인 기쁨을 위해서인 것입니다.

어떨 때는 사람들이 화를 내거나 짜증을 냈습니다. 그럼에도 그녀는 그들의 사진을 찍었습니다.

때때로 제가 저 자신을 먹잇감(제 입 속에 갇혀서 거품이 이는 침 속에서 거의 익사할 비브)을 꽉 물고 있는 개로 생각할 때면, 저는 **그녀가** 다른 사람들에게 얼마나 가까이 다가갔던지, 그들에게 어떻게 몰래 다가갔던지를 떠올립니다.

그러나 지금 우리는 잔 베르트랑을 물고 있는데요 - 덤으로 운이 좋게도, 누렇게 바랜 지 오래된 신문 지면의 기자는 두세 군데에서나 그녀를 직접 인용했습니다. 설령 다른 아무것도 없다 해도, 적어도 이 기사는 한 이민자의 삶에 대한 인상을 생성시킵니다. 설령 다른 아무것도 없다 해도, 적어도 그때 비비안과 그녀의 어머니는 잔과 수년 동안 함께 살았고, 그녀는 사진작가였습니다. 그들은 함께 사진을 찍었고, 그것이 비비안에게는 평생의 업이 되었습니다. 잔은 그녀에게 큰 의미가 있었음에 **틀림없습니다**. 그렇다면 비비안은 왜 잔처럼, 사진작가로서 생계를 꾸리려고 하지 않았을까요? 또는 적어도 시도조차 하지 않았을까요?

보스턴 글로브, 1902년 8월 23일
공장으로부터 예술가라는 높은 지위로

이것은 코네티컷에서 가장 유명한 사진작가가 되었으며 - 아직 스물한 살이기 때문에 - 전국적으로 가장 위대한 예술 사진작가가 될 가능성이 있는, 공장 소녀 잔 J. 베르트랑의 이야기이다.

낯선 나라에 온 이방인이자, 출발을 도와줄 친구도 없고, 학교 교육도 제대로 못 받은 이 아버지 없는 소녀의 경력은, 모든 소녀들에게 특별한 영감을 준다.

잔 J. 베르트랑은 어제저녁 코플리 홀에서 막을 내린 뉴잉글랜드 사진작가 협회의 제6차 연례 총회에서 가장 열정적인 참가자였다. 짙고 표현이 풍부한 눈에, 풍성하고 칠흑같이 검은 머리카락의, 솔직하고 영민하며 소녀 같은 얼굴과 작은 체구의 그녀는 다른 대의원들로부터 아마도 총회에 참석한 그 누구보다도 더 열렬하게 환영을 받았다.

왜냐하면 그녀는 뉴잉글랜드 협회 회원들과 전국 협회 회원들에게 - 그녀의 지식과 능력, 소녀다운 솔직함, 그리고 예술과 결혼했다고 말할 정도의 열정으로 - 알려진 몇 안 되는 인물이었기 때문이다.

그것은 조숙한 사진 천재의 이야기는 아니었다. 다른 소녀들이 인형을 가지고 놀 때 그녀가 카메라를 가지고 놀았다는 것이 아니다. 단지 약 사 년 전까지만 해도 카메라에 대해 전혀 알지 못했던, 야심 찬 한 소녀의 이야기이다. 공장 생활에서 비롯된 공포로 위축되었지만, 천재성이라면 열심히 일한다는 것에서 보였고, 그 안에서 미래를 바라본 소녀. 바늘 공장에서 할 수 있는 것보다 세상에서 보다 큰 역할을 하고 싶다는 야망을 지녔고, 만일 공부와 인내심을 현명하게 사용하는 것이 세상사에서 무슨 의미가 있다면 자신은 성공할 것이라고 다짐했던 소녀의 이야기이다. 그리고 그녀는 매우 크게 성공했다.

"이것은 코네티컷주 토링턴에 사는 베르트랑이라는 어린 소녀의 작품입니다." 코플리 홀에서 전시회가 열리던 저녁, 협회의 원로 회원 한 사람이 뛰어난 인물 초상 사진 여섯 장가량을 가리키며 기자에게 말했다. 전국 각지의 유명한 남녀 사진가들의 작품이 있었지만, 이 작품들은 최고자들 중에서도 우위를 차지했다.

"소녀가 몇 살입니까?"는 당연한 질문이었다.

"스무 살이나 스물한 살 정도라고 해야 하겠습니다. 베르트랑 양은 사진 작업을 한 지 몇 년이 채 되지 않았지만, 괄목

할 만한 발전을 이루었습니다. 여느 소녀들과는 달리 암실에서 화학 물질에 손가락을 담그는 것을 두려워하지 않아요."

그래서 필자는 잔 J. 베르트랑에 대한 짧은 지식만으로 그녀를 찾아갔고, 필자가 상상했던 솔직하고 지적이며 야망이 있는 젊은 여성임을 확인했다. 그녀는 자신의 소박한 이야기를 매우 자연스럽게, 그리고 약간의 자부심이 묻어나게 들려주었다.

"사진에 관심을 가진 지는 사 년 정도 되었습니다." 그녀는 말했다. "그리고 매일 더더욱 흥미를 느낍니다."

"하지만 분명히 좋은 선생님이 있었겠지요?"

바늘 공장에서 일하다

"네, 토링턴에서 저와 같이 일했던 올비 씨가 저에게 많은 것을 가르쳐 주었고, 저는 사 년 동안 늦은 밤과 이른 아침에 공부했습니다. 그렇게 해서 많이 배웠습니다. 그리고 수년 동안 사진 협회의 총회에 참석했고, 이를 통해 견문을 넓했습니다."

"어떻게 사진을 시작하게 되었나요?"

"보시다시피 저희 가족은 정말 가난했고 저는 재봉틀 바늘을 만드는 바늘 공장에서 일하고 있었어요. 아, 끔찍했어요. 사면이 벽돌 벽인데다 잔소리까지요!"

그녀는 어린 시절의 이 부분을 생각하면서 잠시 이를 악물고 주먹을 움켜쥐었다.

"그렇지만"이라며 그녀는 말을 이었다. "저는 무언가를 해야 했고, 토링턴에서 할 수 있는 것은 그 일뿐이었어요. 마침내 사 년 전 어느 날 집에 와서 어머니에게 4월 1일에 공장을 그만두겠다고 말했어요. 진심이라고 어머니께 말씀드렸고, 그렇게 했죠."

"어느 날 다른 소녀들처럼 사진을 찍으러 갔다가 사진관에서 나오면서 저런 곳에서 일하고 싶다는 생각이 들었어요. 그래서 돌아서서 사진관 주인에게 사람이 필요하냐고 물었어요. 그는 아니라고 말했고, 만일 필요하더라도 경력자를 채용하겠다고 했어요. 그는 다른 일손은 원하지 않았어요. 그래서 제가 그에게 말했어요. '뭐라도 제가 여기에서 할 수 있는 일이 없을까요? 그게 무엇이든 상관없어요.' 그는 없다고 말했어요. 그래서 제가 그에게 말했어요. '언젠가 할 일이 엄청나게 많아지고, 그때 만일 저를 불러 주신다면 제가 할 수 있는 무엇이든 하겠습니다.' 그가 씽긋 웃더니 그러겠다고 했어요."

"며칠 후에 놀랍게도 그가 저를 불렀어요. 기계와 관련된 큰 프로젝트가 있었는데 – 기계 사진 촬영이었고, 제가 며칠 동안 인화 작업을 도왔습니다. 저는 그 모든 순간들을 만끽했어요. 모든 것이 전혀 새로웠고, 공장과는 아주 달랐는데, 제가 유용했는지, 마지막 셋째 날의 끝 무렵에 올비 씨가 제게 꾸준히 일을 보장할 수는 없지만, 제가 일하는 방식이 마음에 들었고, 저를 돕는 데 최선을 다하겠다고 말했어요. 아, 그날 밤은 얼마나 기쁘던지요. 이튿날 다시 출근했고, 그 이후로 거기서 계속 일하고 있어요."

(…)

"베르트랑 양은 미국 출생이 아닌가요?"

"네, 저는 프랑스 남부에서 태어났어요."

그녀는 자기 아버지가 고국에서 겪었던 실패담을 이야기했다. 그는 정부에 고용된 도로 검사원이었다. 그는 아내와 네 자녀를 데리고, 잔이 웃으며 표현하듯 '거리에서 달러를 줍기 위해' 미국으로 왔다. 그는 고국에서 친지들 사이에서 편안하게 살아온 순진한 공무원이었고, 미국에 대해 전혀 몰랐던 쾌활한 남 프랑스인이었다. 그는 2년 전에 세상을 떠났고, 그의 딸은 그가 미국적인 것이라면 모두를 증오하며 세상을 떠났다는 것을 알고 있다.

이민자의 비극

그와 그의 작은 가족은 수백만 이민자들이 미국 문명의 끔찍한 도가니에서 단단해지는 과정 속에서 경험했던 비극을 통과했다. 옛 이상의 소멸과 모든 것에 있어서의 새로운 관점, 소중히 여겨온 관습에 대한 사람들의 전적인 무관심, 그리고 스스로에 대한 의존이 미국이라는 사다리의 첫 계단이며 그 이후에는 강한 자와 무관심한 자들만이 이기는 전투라는 것에 대한 느리고 치명적인 깨달음. 옛 고향의 정서는 새로운 환경 속에서 사라지거나 대폭 수정되어야 하는 것이다.

사람이 적응할 수 있는 나이를 지났을 때는 매우 가혹하며, 그것은 다른 수십만 명을 그렇게 죽였듯이 베르트랑 씨를 죽음에 이르게 했다. 그러나 거기서 새로운 정신의 젊은 세대가 샘솟는 것이고, 잔은 다른 소녀들보다 훨씬 더 일찍 삶에서의 자신의 위치를 완전히 깨닫게 되었다. 그것은 그녀에게 강요되었다. 그녀에게는 저력이 갖춰져 있었다. 그녀는 무너지지 않을 터였다.

그녀는 공립학교를 다녔고 훌륭한 영어를 구사하며, 인생이라는 책 자체에서 많은 것을 읽어냈음과 상당히 많이 생각했고 공부했음을 보여준다. 사진작가의 작업실은 인생을 공부하기에 탁월한 장소이다.

그러나 그녀는 내면에 예술가의 면모를 지니고 있다. 한눈에 보아도 그 사실을 알 수 있다. 단지 기회가 필요했을 뿐인데, (…) 그녀는 올비 씨가 자신의 배움의 욕구를 독려한다고 말한다. 그는 잔에게 매우 깊이 관심을 갖게 된 점잖은 신사이며, 그녀의 아버지가 세상을 떠난 직후 그녀의 가족 모두가 토링턴을 떠났기 때문에 일종의 보호자 역할을 한다. 세상에 홀로 있다고, 그녀는 말하지만, 자신에게 허용된 모든 시간을 공부와 연구로 가득 채운다. "서른 살이 될 때까지 제가 배울 수 있는 모든 것을 배우고 싶어요." 그녀는 외쳤다.

여기서 나는 서랍을 닫고 인터뷰 필자와 올비 씨 위로는 다시 먼지가 쌓이도록 놓아두지만, 잔 J. 베르트랑만은 아직입니다. 각종 서류 속에 그녀의 흔적이 남겨져 있습니다. 1908년, 그녀는 여전히 보스턴 부자들의 사진을 촬영하고 있었습니다. 1909년, 그녀는 과로(이는 또한 그녀에게 혹독한 일정이 있었다고 들립니다)로 지쳐 정신병원에 입원했습니다.

1917년, 그녀는 다시 입원하는데, 이번에는 '과격한 분노' (성가신 손님에게였을까요? 올비 씨에게였을까요?) 이후이며 다시 신문의 일면에 등장합니다. '베르트랑 양 다시 정신이상이 되다 - 콘리인 호텔에서 미쳐버린 예술가이자 조각가'

그녀가 사랑한, 조각가이자 시칠리아 출신 이민자인 피에트로 카르타이노는 기혼자였고, 1918년 스페인 독감으로 사망합니다. 한동안 잔은 뉴욕에 있는 그의 작업실에서 도제로 일했고 조각을 만들었습니다. 그 사랑의 결실은 사생아로 태어난 아들이었고, 그녀는 사촌에게 이 아이를 맡깁니다. 그녀에게는 슬퍼하고 화낼 일이 많았지요.

우리는 1930년에 그녀의 다른 흔적을 발견합니다. 그녀가 비브와 비브의 어머니와 함께 브롱크스에서 살았을 때입니다. 잔은 가족의 가장으로 기록되어 있습니다. 그 무렵의 그녀는 뉴저지주 유니언시티에 있는 '마테른'이라는 이름의 초상 사진 스튜디오에서 사진작가로 일했습니다. 잔도 마을은 달랐지만 마리아와 같은 프랑스령 알프스의 샹소르 계곡 출신이었습니다.

이제, 처음으로 되돌아왔습니다. 마리아는 찰스 마이어를 떠나 비비안을 데리고 여행 가방들을 들고 힘겹게 세인트메리 공원을 지나 잔의 집으로 이사했습니다. (어렸을 때 저는 지휘자가 되고 싶었습니다. 텔레비전에서 고전 음악 연주회를 보면서 지휘자가 지휘봉이나 손과 시선으로, 때로는 온몸으로 자신이 연주자들에게서 원하는 것을 전달하는 방식에 눈을 떼지 못했고, 음악은 지휘자로부터 생겨 나온다고 생각했습니다. 저는 악보가 있다는 사실은 몰랐지만, 지휘자의 정확한 손놀림을 통해 음악이 생겨난다고 믿었습니다. 보면대와 악보는 제 관심을 빠져나갔거나, 아니면 저는 그저 일종의 장식이라고 여겼을 뿐입니다. 저는 지휘자가 관현악단에서 음악을 끌어내고, 물결치듯 뒤흔들고, 들어오라고 손짓하고 유혹하는 모습을 보는 것이 좋았습니다. 그러나 저는 지휘자가 되지 않았습니다. 저에게는 제가 지적할 수 있고, 말을 시킬 수 있고, 들었다 놓았다 할 수 있는 등장인물들이 있습니다. 지금 나는 지휘봉으로 당신을 가리키고 있어. 마리아 조소. 나는 땀을 흘리고 있고, 머리카락이 눈을 가리고 있지만, 머리카락을 쓸어 올릴 틈이 없는데, 당신은 마치 마이어라는 이름이 당신의 피를 빠는 거머리인 양 떼어내 버렸거나, 아니면 마치 애벌레인 양 쓸어내 버리지. (어린 시절의 저를 떠올리게 만드는데요, 어느 해 갑자기 우리 정원의 자작나무들이 얼마나 많은 애벌레를 쏟아 놓는지 악몽이었지요. 떨어지는 애벌레에 맞지 않고 나무 아래를 지나갈 수가 없었으니까요. 벌레들은 누르스름한 녹색에 털투성이였고, 제가 어찌나 소리를 지르면서 그것들을 털어냈던지요! 또 어쩌다 밟기라도 하면 벌레들이 어떻게 터져버리던지요! 그해는 맨발로는 잔디밭을 걷지 않았습니다.)

마리아
"카메라는 외로움을 만들어 내는데, 왜냐하면 잘라 내기 때문이고, 무언가(모티프)를 맥락에서 끌어내 버리기 때문이야. 카메라는 잔인해. 거짓말을 하지. 언제나 거짓말을 해." 오늘 아침 잔이 마테른 스튜디오에 출근하기 전에 나에게 이렇게 말했다. 그곳에서 그녀는 흰색이나 다른 배경으로 사람들을 세워 놓고 사진을 **찍는데** - 그렇다면 그녀는 도대체 무슨 맥락을 이야기하고 있지? 내 말은, 그 사람들은 스스로의 의지로 오는 것이고, 완전히 자발적이라는 것이다.

그 말이 무슨 일에서 비롯되었는지, 내가 그녀에게 무슨 말을 했는지 또는 무엇에 대해 물었는지는 모르겠다. 나는 나 자신을 생각해 보았다. 내가 내 맥락에서 어떻게 벗어났는지, 아마도 밖에서 보면 그것이 얼마나 잔인해 보일지. 내 어머니의 눈으로, 내 아들의 눈으로, 내 시부모의 눈으로 본다면. 찔러대면서 바라보는 눈들이 숲 하나를 이룬다. 잔의 눈은 찔러대지 않는다. 그녀 역시 아들을 가족에게 맡겼다. 사생아로 태어난 아들을, 그녀의 (더 아름답게 들리는) 필리우스 나투랄리스$^{\text{filius naturalis}}$를. 어느날 그녀는 내 침대에 앉아서, 내 눈에 눈물이 흘러 넘칠 때까지 그 이야기를 했다.

그러나 여기서 이 새로운 맥락은 남자의 부재^{manlessness}(내 아들은 여기는 어울리지 않았을 것이다) 속에서, **주정뱅이**이자 **폭행범**인 찰스 폰 마이어의 부재^{Maierlessness} 속에서 지극히 단순하다. 그가 모든 것을 무너뜨렸던 것이다.

내레이터
다소 평화로운 분위기의 '우리'는 여기에서 두 여성과 한 소녀 외에도 마리아와 같이 잠을 자는 작은 암컷 강아지 키키로 이루어져 있고, 비비안이 키키를 자기 침대에서 재우고 싶어하면, "반려동물은 어른들의 곰 인형이야."라고 마리아는 대꾸합니다.

마리아

어느 날 이 아이, 이 아들, 그러니까 잔의 아들이 찾아오는데, 이 아이는 짙은 색의 곱슬머리에 안색이 창백하다. 우리는 잠시 둘만 있고, 나는 목욕 가운 차림이다. 이 아들은 아마 열여섯 살 정도일 것이다. 나는 목욕 가운 차림인데, 허리띠를 졸라매서 그저 살짝 속이 보이게 하고 싶다. 나는 아이의 손을 본다, 손이 튼튼한지. 그렇다. 그리고 아이의 어깨도 그렇다. 그때 잔이 장을 봐서 집에 오는데, 그녀는 아이의 아버지를 추모하며 시칠리아 요리를 만들고 싶어한다. '순간'은 지나갔다. 아이는 큰 소리로 말하고 무척 활기찬 모습이며, 삶을 곰팡내 나는 걸레로 닦아낸, 비극적이며 말이 없고 반쯤 닳아 없어진 내 아들과는 너무나도 다른 모습이다.

나는 신문에 가사도우미 구직 광고를 올렸지만, 인정하건대 내 구직은 성의가 없고, 마망이 개입하기를, 부자들의 부엌에서 벌어온 돈을 한웅큼 짤랑거리며 꺼내서…

내레이터

저는 이베이와 다른 사이트들을 통해서, 외제니가 자신의 유명한 프랑스 요리들을 만들어서 하인들을 시켜 번쩍번쩍하게 닦아 놓은 식탁들로 내보냈던 백만장자들의 부엌에 관해 쓴 글이 실려있는 〈타운 앤드 컨트리〉의 해당 호를 찾아보았습니다. (유감스럽게도 헛수고였지만, 비서나 웹 검색 강의는 찾을 수 있었지요.) 저는 지금 래번버그 가문, 게일 가문, 로드 가문, 디킨슨 가문, 스트로스 가문, 밴더빌트 가문, 에머슨 가문, 깁슨 가문의 부엌들을 이야기하고 있습니다.

마리아

… 나에게 건네 주기를 바라는 것이다. 무슨 일이라도 일어날 수 있다. 나는 용기를 잃지 않았다. 마망이 유명한 요리사가 된다고 분명히 예견되었던가? 근면, 이라고 마망은 말한다. (또한 누구든 언제나 남편감을 찾아나설 수도 있다.)

오늘 잔은 집에 오면서 나에게 줄 선물을 가지고 왔다. 그녀는 나에게 카메라를 주었는데, 내가 타고난 거짓말쟁이라고 생각해서였을까? 아니다. 잔은 침대에 누워서 모피 외투와 그 안에 손을 슬며시 밀어 넣는 남자들을 꿈꾸는 일 외에 다른 할 일이 있어야 한다고 생각한다. 시골에서는 바깥에서 할 일이 너무 많았다. 먼저 암탉을 내보냈다가 다시 들여와야 했고, 잡초를 뽑고, 과일을 따고, 거위 털을 뽑아야 했다. 썩어빠진 뉴욕에서는 돈 없이는 밖에서 할 일이 아무것도 없다.

찰스와의 첫 출발에서 좋았던 시간은 길어야 몇 달밖에 가지 못했다. 그 모든 애정 표현을 나는 한껏 받아들였다. 때로는 신경 써서, 때로는 산만하게, 언제나 나를 위해 한없이 저장되어 있는 것처럼.

나는 (사진보다) 영화를 좋아하는데, 영화는 매 순간이 이전 순간을 즉시 상쇄시키기에, 삶에 가까울 만큼 엄숙하지 않다. 시간이 소시지나 빵이라면, 그것을 쓱쓱싹싹 얇게 저미는 것이다. 나는 내 선의를 보여주려고 바로 사진을 몇 장 찍었고, 잔은 그 사진들을 현상해 주었으며, 우리는 나의 자랑스럽고 빳빳하게 저민 조각들을 깊이 생각하며 한동안 서 있었다.

잔
사진 한 장이 우리가 길을 떠나게 만들었다고 말할 수는 없겠지만, 워커 에반스의 대공황 사진들은 우리를 쿡 찔렀는데, 특히 (나로서는) 굶주림의 발톱에 완전히 무력해져 인격이 무너진 채로, 심지어

한 아이는 성기를 드러낸 채인, 벌거숭이나 다름없는 아이들 셋과 함께 문간에 앉아있는 여성의 사진은 더욱 그랬다.

    점점 손님이 줄다가 결국 극소수만이 마테른 스튜디오를 찾아왔고, 마리아의 광고에 답하는 사람도 아무도 없었다. 우리가 그 암울한 도시를 뒤로 하고 **집**으로 떠나기로 결심했던 것은 그때다.

마리아

우리를 떠나게 만든 건 **예술**이 아니었다. 그것은 사층에 살았던 레핀스키 가족이 인도로 나앉았을 때였다. 그들은 첫날 밤에만 그곳에 있었고, 곧 다른 사람들이 살고 있던 터널로 들어갔는데, 내가 세어보니 터널의 거친 벽에 기대어 놓은 매트리스만 서른두 장이었고, 벽이 너무 축축한 나머지 침대보를 비틀어 짜야 할 정도였다. 내가 지나갈 때 아무도 나를 보지 않는다. 우리는 아직 집이 있는 사람들과 더 이상 집이 없는 사람들로, 각자의 세상에서 살고 있다.

마망에게서 돈이 오지 않는다. 마망은 내가 아들 녀석을 그 아이의 친가에 떠넘겼다는 사실을 용서할 수 없다. 나는 편지를 쓴다. "마망, 저는 아이를 보러 갔어요. 그 아이는 거기서 더 잘 지내고 있어요." 그러나 아무런 답도 없었고, 한 푼도 오지 않는다.

오늘 키키를 산책시킨 다음 세인트메리 공원에 남겨 두고 왔는데, 나는 키키가 열심히 구멍을 파고 있는 동안 떠났다. 은총이 가득하신 성모 마리아시여, 부디 키키에게 저는 이제 더 이상 감당하지 못하는 뼈다귀를 주소서. 내가 혼자 집에 오자 비비안은, 당연히, 울었고, 나 자신도 그것이 잘한 일이라고 생각하지 않았다. 잔은 이것을 알고는 엄청 화를 냈다. 그때 나는 둘을 달래려고 이렇게 말했다. "아일랜드 대기근 때 개들이 얼마나 뚱뚱해졌는지 알잖아." 지금 잔은 나와 말을 하지 않는다. 그리고 비비안은 개줄을 자기 허리띠에 묶어 두었고, 접시를 바닥에 놓아야만 음식을 먹는다.

비브
우리는 이등실에서 여행 중이고, 극빈자들은 배 밑바닥으로 밀려나서 구멍 같은 곳에서 지내고, 나는 그들을 내려다볼 수가 있다. 그들은 짐 옆이나 짐 위에서 대충 얼기설기 잠을 잔다. 잔은 뱃멀미가 나서 죽고만 싶어한다. 그러나 잔은 프랑스에 도착할 때까지 기다려야 한다. 이번이 대서양을 건너는 마지막 여행이라고 잔은 말한다. 그녀는 죽으려고 집에 간다. 어머니는 구명정을 세며 돌아다닌다. 자유의 여신상이 더이상 보이지 않게 되자 어머니는 울었고, 자유의 여신상을, 어디에 있는지 우리가 언제나 알고 있었던, 돌로 만들어진 자신의 미국 어머니라고 부르면서 그 위대한 빈 공간을 향해 손수건을 흔들었다. 나는 둥근 창문을 통해 내다보는 크게 넘실대는 대서양의 파도가 아니라 - 뭍에서 볼 때의 그 바다만 좋다.

보르가르 농장은 도로변에 있고 뒤쪽이 굽이에 닿아있어서, 모든 농지가 앞쪽으로 불쑥 나와 있다. 장작불이 타는 소리나 칼 가는 소리 같은 딱딱거리는 소리가 끊임없이 나는데, 이 소리는 양들의 입에서 나오는 소리이다. 양들은 일 년 내내 풀을 뜯고, 결국 우리 뱃속에 이르기까지 풀을 뜯으며, 결국 돌담 위에 걸쳐진 피투성이 가죽으로 끝날 때까지, 결국 그들의 작고 무늬 진 발굽들이 거름더미 위로 내던져질 때까지 풀을 뜯는다. 내가 양들을 이 목장에서 저 목장으로 옮기는 것을 도와 주러 따라갔을 때, 나는 무리에서 벗어나는 양들을 때려 무리를 하나로 모을 장대를 받았다. 내가 얼마나 휘둘러댔던지! 내 장대에는 무리를 벗어나는 양들이 부족했는데 - 손으로 만져 보지 않고도 살에 얼마나 탄력이 있는지가 고스란히 전해져 와서, 양 궁둥이에 가하는 매가 지팡이에 되감겨오는 것에 결코 싫증이 나지 않았던 것이다.

보르가르. 1932년 어머니가 어린 시절의 집으로 돌아갔을 때, 집은 수십 년 동안 제대로 청소된 적이 없어서, 아주 다양한 청소 세제가 필요했다. 마리 플로랑틴 이모는 어머니가 병적으로 청소를 좋아한다고 말했지만 나는 보르가르를 너무도 더러웠던 곳으로 기억하기 때문에 동의하지 않는다. 그곳은 청소되어야 했고, 그렇지 않았다면 어머니는 그곳을 건디지 못했을 것이다, "그게 어떻게 보일까? 남의 집에 들어와서 청소를 시작하는 일 말이야." 부엌 벽에서 기름때가 뚝뚝 흘러내리고 그 아래로 꽤 예쁜 연녹색이 드러났을 때 마리 플로랑틴 이모가 말했고, 어머니는 머리카락이 흠뻑 젖을 정도로 땀을 뻘뻘 흘렸고, 얼굴이 벌게진 채로 청소용 솔을 들고 무릎을 꿇고 앉아 있었다.

나는 모르는 사람이었던 이 이모가 무서워서 어머니 등에 올라탔고, 어머니가 바닥을 문질러 닦는 동안 어머니 등에 탄 채로 어머니 옆구리에 비해 너무 긴 다리를 늘어뜨리고 있었는데, 어머니는 무심코 내 흔들거리는 하늘색 신발 앞코에 물을 튀겼다. 나중에 우리는 어머니가 청소할 것이 다 없어지고도 계속 청소를 했기 때문에, 시내에 있는 집으로 이사를 해야 했다. [실은] 우리가 이사를 해야 했던 것은 무슈 파라무어가 이모 집으로 이사를 들어왔고, 숨만 마시면 소리를 질러댔고 내 주름 치마 사이로 손가락을 집어 넣었기 때문(그것은 마구간에서 일어났던 일)이다.

보르가르의 내 방에서 바라본 전망은 양 우리와 거친 똥투성이의 검은 암모니아 진창이었지만 - 나는 이전에 나 혼자만의 방을 가져본 적이 없었다. 처음에 나는 혼자 있을 때 무엇을 해야 할지 몰랐다. 글쎄, 예를 들자면 단어의 의미가 예측할 수 없는 결과를 초래할 정도로 같은 단어를 여러 번 되풀이해 말하며 빈둥거릴 수도 있었다. 호박이라는 단어는 내가 결국 열이 나서 잠자리에 들게 만들었고, '호-박'이라고 내 입으로 그 말을 내뱉지만 나는 더 이상 그 말을 책임질 수 없는 것이다. 나는 교수대에서 대롱대롱 매달려 있는 사람들을 그렸는데, 이모도 어머니도 그 그림을 좋아하지 않았다. 나는 발가벗은 사람을 그렸다가 바로 그 그림을 조각조각 찢어 버렸다.

1. 나는 내 줄넘기로, 배가 출항하기 전에 부두에서 알마 고모가 준 인형 알마의 눈을 때려서 산산조각을 냈다.
2. 그러면 알마를 위로해 줄 수 있기 때문에 그랬던 것이다.
3. 나는 내 가슴에 와서 부서지는 커다랗고 따뜻한 파도를 느끼려고 알마를 망가뜨렸다가 알마를 위로한 것이다.

똥은 성경 속의 대홍수와도 같은 파리떼를 낳고, 파리떼는 집으로 들어온다. 우리는 집 안의 차가운 돌바닥 위를 유심히 살펴봐야 하는데, 정원에서 전갈이 들어왔을 수도 있기 때문이다. 밖의 더위, 안의 추위 - 두 개의 매우 다른 세계들이다.

보르가르의 개들 중에는 갈색과 크림색의 세터, 미네트가 있는데,

미네트는 사냥개이고 반점이 나 있으며, 내 방 창문 밖 의자에서 잠을 자고, 내가 눈을 뜨면 창을 통해서 안을 들여다보며 서 있다. 에어데일 테리어인 무슈 르브리크도 있다. 어머니가 살충제를 뿌린 후 무슈 르브리크가 부엌에서 파리를 먹는다. 녀석이 쓰러진다. 우리는 녀석을 대야에 담아서 밖으로 끌고 나간다. 열일곱 시간이 지나자 문이 열리더니, 잠으로 살충제 효과를 떨쳐낸 무슈 르브리크가 술 취한 사람처럼 비틀거리며 부엌으로 다시 들어온다. 고양이 미니는 무척 날카롭고 재빠른 이빨과 발톱으로 쥐를 잡는 살벌한 암컷이다. 나는 미니에 대해서는 할 말이 별로 없다. 어느 날 어머니는 청소 세제 뒤에서 불쑥 나타나더니 "네 친구들인 '동물들'을 위해 파티를 열 거야."라고 말한다. 우리는 동물들을 테라스에 모아 놓고 빵을 뜯어 만든 경단과 동물 지방으로 차린 잔칫상을 마련했다. 만일 찰스도 있었다면 더 재미있었을 텐데, 이렇게 단지 오빠의 이름을 거론하는 것만으로도 어머니를 울렸고, 그래서 나는 오빠의 이름이 새가 하늘에서 낼 만한 새하얀 소리가 될 때까지 그 이름을 거듭, 거듭, 거듭 부른다.

보르가르의 응접실은 돌아다니기 힘들 정도로 빛나는 가구들이 아주 많았는데, 누구라도 빛이 나기만 한다면 들어갈 수 있는 장소였다. 내가 무언가를 잘못해서 기쁨으로 빛나고 있었을 때 그곳에 들여보내졌는데, 이를테면 새하얗게 갓 분을 칠한 신발을 신고 양 우리에 들어갔을 때였다. 그곳에는 피아노도 있었다. 갑자기 고양이에 대해 할 말이 떠올랐다. 나는 양말을 벗어 고양이 머리 위에 씌우고 피아노 건반 위에 올려놓았다. 고양이는 가여웠다. 고양이는 시끄러웠다. 그게 다였다. 내가 이 세상에 살기에 너무 착했다면 (그러나 나는 그렇지 않았고) 우리가 받을 수 있을 최고의 칭찬일 텐데. 그러나 나는 그렇지 않았다. 나는 거울 앞에 서서 양쪽 입꼬리를 아래로 내리고 온몸이 떨릴 때까지 모든 근육을 긴장시켰고, 거울은 악으로 가득 차 있었다. 어머니는 나를 좋아하지 않을 때, 내가 아버지를 떠올리게 만든다고 말한다.

보르가르의 정원을 둘러싼 담장, 철대문, 출구를 지키던 돌사자 둘, 위로 끌어올리듯 나 있는 바깥길, 무거운 내 발.
  "이 모든 것이 언젠가는 네 것이 될 거야." 이모는 내 어깨에 손을 얹고 말했고, 우리는 함께 보르가르의 굼실거리는 땅을 바라보았다. 내가 고개를 들어 실제로 산을 보았던 것은 몇 해가 더 지나서였다.

나는 가족들 중 누가 춤 추는 모습을 본 적이 없지만, 모두가 시내의 춤 교습소에 춤을 추러 갔다고들 하고 이제는 내 차례가 되었다. 나는 격렬하게 저항했지만 결국 미끌미끌한 무대 위로 내몰렸다. 나는 상대를 배정받는다. 그는 나 말고는 모든 사람과 춤을 추고 싶어하고, 나를 피하기 위해서는 누구와도, 심지어 미쓰 헤어립과의 춤도 마다하지 않았다. 그것은 사실이 아니야, 이모는 말한다. 나는 어여쁘고, 나는 밝고, 다만 내 자세가 좋지 않을 뿐이며, 내 어깨는 귀까지 올라가 있지만, 춤이 그것을 바꾼다는 것이다. 춤이 네 자세를 향상시킬 거야, 단지 턱을 들어 올리고 네 가치를 느껴봐, 적어도 내 하늘에서는 네가 별이라는 것을 기억해. 그런 다음 그들이 우리에게 시키는 대로 필립이라는 소년과 나는 손을 잡았고, 설탕 풀을 먹인 치마를 입고 침을 발라 광을 낸 구두를 신은, 다른 어린이 무용수들과 함께 무대로 나갔고, 자갈밭 위의 춤 교습, 풀이 멋대로 자란 잔디밭 위에서의 춤 교습, 찐득한 지방같이 녹은 아스팔트 위에서의 춤 교습은 '운 좋게도 코피를 흘리면서'의 춤 교습이 되었다가 내가 벽 옆에 누워도 좋다고 허락을 받을 때까지 계속되었다.

나는 어머니에게 바싹 달라붙어 있다는 소리를 끝도 없이 듣는다. 내가 소리를 질러대는 중에 사람들이 어머니의 옷을 내 손아귀에서 찢어내야 할 지경에 이를 때도 있다. 가끔은 내가 놓지 않을 때 어머니가 걷기 시작하고, 나는 어머니의 뒤에서 바닥이나 마당이나 우리가 있던 어디에서든 질질 끌려간다.

마리 플로랑틴 이모가 어머니를 지긋지긋해 할 무렵, 우리가 잔과 함께 이사한 집은 '르놀'으로 불리며, 동네 한가운데 있는데, 연노랑

색 집이고 하얀 덧문이 달려 있다. 어머니는 가게 같은 곳에서 되도록 빨리 일자리를 구하고 싶어했다. 잔은 저축을 조금 해놓아서 일할 필요가 없다. 나는 늙은 말을 풀밭에 내놓았는데, 말의 근육이 소실되고, 모습이 완전히 달라져서, 거의 알아볼 수 없게 되고, 너무나도 쪼그라들고 다리가 뻣뻣해지는 일이 일어나지 않기를 소망한다. 보르가르의 일꾼은 농장에서 일하는 말과 일에서 물러난 말을 나에게 보여주며, 이모가 동물을 키우기에는 약하다며 비웃었는데, 그는 늙은 말이 고기가 너무 질겨졌더라도 그 말을 먹어치웠을 것이다. 나는 보르가르가 그리운데, 이곳 생보네에는 친척들이 미로를 채울 만큼 많다고 해도, 우리는 이방인이고, 사람들은 나를 '자전거 타는 소녀'로 부르며, 내가 가게에 들어가면 "여기 자전거 타는 소녀가 왔네."라고 말한다. 내가 휙 하고 길을 내달릴 때면 언제나 꼬마 아이들이 뒤를 따라다닌다. 나는 이곳의 공기를 사랑한다. 만일 내가 심심해 하면, 잔은 카메라를 다루는 요령을 가르쳐 주며, 자신이 아는 모든 것을 가르쳐 주고 싶어한다. '르놀' 가까운 곳에서 어느 아주머니가 세상을 떠났고, 어머니는 그 집 아이들을 돌보았다. 이모가 우리에게 돈을 주었기 때문에 어머니는 이제 그 일을 그만두었다. 나에게는 멋진 신발들이 있다. 이렇게 많은 사람이 한꺼번에 나를 좋아한 적은 한 번도 없었다. 프랑수아, 마리즈, 로랑스, 필리프. 잔은 날마다 카메라를 들고 긴 산책을 나가며, 보이는 일기를 쓴다고, 기억력 감퇴 때문에 산책은 필수가 되었다고 말한다. 그녀는 또한 이것이 미국에서 오랜 세월을 보낸 후 소속감을 되찾는 방법이라고 말한다. 카메라는 그녀만의 세상과의 접촉 방식이다. 카메라에게 먹이를 먹이면, 다른 쪽 끝에서 사진이 한 장 나온다. 그녀는 욕실을 암실로 개조했고, 내가 자신의 도제라고 말한다. 그러나 나는 암실이, 그 강한 냄새가 싫고 - 나는 다른 사람들보다 냄새에 민감하고 (다른 사람이 맡지 못하는 냄새도 맡으며) 언제나 그래왔다. 그녀는 사진을 현실에서 뜯겨나온 조각들이라고 부른다.

"사진을 찍는다는 건, 언제나 폭력적인 행위야. 그러나 나는 그것과 함께 살 수 있어. 그렇게 나쁘지는 않지, 안 그래?" 잔은 말한다.

우리는 이제 현상액이 마른 사진들을 건조용 줄에서 떼어내고 있고, "그렇게 나쁘지는 않아, 그렇지?"라고 그녀는 되풀이해서 말하며 내 앞에 사진을 한 장 들어 보인다. '무테'야, 내가 나이가 들면 그 정상을 오를. 나는 내가 돌아가리라는 것을 알아, "왜냐하면 농축된 형태로 되돌려주는 것이기 때문이야."라고 그녀는 말한다.

내가 아는 무테 산은 현실보다 사진에서 더 선명하다는 것을 볼 수 있다. 나는 잔보다 키가 크고, 잔은 내 겨드랑이에 닿는 키다. 나는 잔의 말이 형편없이 허튼소리라고 - 사진을 찍는다고 손상되는 것은 아무것도 없다고 - 생각한다.

"그건 우리가 떠나고, 모든 것에 작별 인사를 하고 있기 때문이야." 어머니가 말한다. "그게 잔을 멍청하게 만들지."

결국 잔은 우리와 함께 뉴욕으로 돌아온다. 그녀는 조금 쉬고 나자 죽기에는 너무 이르다고 깨닫는다. 그러나 나는 집에 가고 싶지 않다. 그녀는 검은 옷차림으로 다른 아주머니들과 함께 부어오른 다리로 광장의 커다란 나무를 둘러싼 벤치에 앉아 마을 사람들의 삶을 바라보는, 여느 나이든 프랑스 아주머니가 되었다. "우리가 아직은 여기 있어요. 잠시 더 말이에요." 그들이 말한다.

"엉뚱한 소리만 한다니까." 어머니가 잔의 옆구리를 팔꿈치로 찌르며 말한다.

"알았어, 알았어." 잔은 말하고, '다게레오타이프'에 대한 발자크의 막연한 불안에 관해 우리에게 이야기하기 시작하지만, 어머니는 참을성이 없고, 잔이 하는 말에는 관심도 없이 오히려 놀리고 웃고 밀치고 간지럽히기만 해서, 그녀가 무슨 말을 했는지 나는 기억을 할 수가 없다. 어머니는 언제나 중심이기를 원한다. 어제 우리가 식사를 할 때에는 일부러 물잔을 넘어뜨렸다.

잔과 나는 암실이라는 작은 공간에서 자주 서로 부딪히는데, 어느 날은 그녀의 가슴이 (커다란 가슴이 바로 내 앞에서) 나를 밀쳐서 온몸에 땀이 날 정도로 웃는다. 뉴욕으로 돌아갈 때가 되었는데, 왜냐하면 찰스가 교정 시설에서 나왔고 엄마가 필요하다고, 아버지가 편지를 썼기 때문이다. 어머니는 노력하고 싶어한다. 그러나 아버지는 조소 일가 중 한 명에게 돈을 보내달라고 설득해냈고, 어머니는 멀리 바다 건너편에서 분노한다.

내레이터

마리아와 비브와 잔은 세계에서 가장 크고 빠른 여객선인 '에스에스 노르망디 호'를 타고 집으로 갔습니다. 이 배는 오래 가지 못했습니다. 1935년에 진수되어서 1942년 군용 수송선으로 개조하는 과정에서 화재로 소실되었습니다. (원하신다면 유튜브에서 전복된 '마스토돈'에 붙은 불을 목격하세요.) 찰스는 부두에 서서 그들을 맞이했고, 그의 옆에는 아들이자 오빠인 칼이 서 있었습니다.

비브

오빠가 목줄을 두른 것도, 아버지가 그의 목에 채워진 줄을 집고 있는 것도 아니었지만, 아버지가 어머니에게 오빠를 넘길 때는 마치 그런 것만 같았다. 그는 열여덟 살이다. 그간 놀라운 일이 많이 있었다. 우리는 그 모든 일을 그곳 부두에서 알게 되었다. 아버지는 멕시코에 가서 돈으로 이혼을 해결했는데, 아버지가 어머니를 대신해 서명했다. 어머니가 그곳에 있지 않아서 본인이 직접 서명할 수 없었기 때문이었다. 아버지는 그 후에 독일인인 베르타와 재혼

했다. 외할머니는 어머니와 찰스 오빠와 내가 살, 이스트 64가 421번지의 아파트를 구해 주었다.

벽지에서 담배 냄새가 나는 방 두 개를, 하나는 어머니와 내가 함께 쓰고, 다른 하나는 찰스 오빠가 혼자서 쓴다. 오빠는 될 수 있으면 칼이라고 불리기를 원하며, 할머니와 할아버지에게 그렇게 불렸던 일에 익숙하지만, 나는 그를 둘로 나누어, 방에서는 찰스, 부엌에서는 칼이라고 부른다. 그는 어머니가 쓰는 방에는 발을 들여놓을 수 없다. 그는 어머니가 자신을 아들(그는 마치 자신도 그것을 못 믿겠다는 듯이 이 단어를 말한다)이 아니라 세입자처럼 대한다고 말한다. 그는 한 친구의 어머니에게 그 집에서 살게 해달라고 부탁했으나, 그렇게 되지는 않았다. 그가 교도소에서 온 서류를 나에게 보여주었다.

'1938년 8월로 가석방이 재계획됨. 해당 수감자는 직계 가족을 벗어나 배치된다면 보다 성공적인 사회 적응 가능성이 예상됨.'

그것이 우리이다. 어머니와 나. 그러나 그것은 또한 직계 가족인 아버지와 그의 독일인 아내일 수도 있었다.

오빠는 복도에 있는 화장실에서 너무 오래 앉아있지 않기를 바라는 마음에서 밤마다 말린 살구를 물그릇에 담가두는데, 네 집이 나누어 쓰는 화장실 문을 누군가 이웃 사람이 두드릴 때면 어머니는 "말린 자두를 먹어야 했던 거야."라고 외친다. 오빠는 나처럼 뼈대가 큰데, 우리는 부엌 식탁에 서로 손목을 나란히 한다. "오빠." 아 그렇다, 그러나 우리만 있을 때는 조용해지는데, 왜냐하면 열두 살짜리가 열여덟 살짜리 오빠와 가까울 수가 있을까? 아쉽게도 우리는 일대일에 약하다. 꽃은 거름더미에서 자랄 수가 없는데 - 말도 안 된다. 꽃들은 바로 그렇게 자란다. 즉, 우리는 친구가 되어야 한다. "너희는 친구가 되어야 해. 서로 의지할 수 있게. 이 모든 와중에도 말이야." 할머니가 그렇게 말했다. (할머니의 절친한 친구인) 외할머니는 월세 19.50달러를 내주고, 매달 생활비로 50달러를 주는데, 그때 아버지는 외할머니를 위선적인 할망구라고 부른다. 화해는 말다툼보다 더 고약하며 - 우리 모두가 식탁을 둘러싸고 앉아 있지만, 그들은 서로 다른 방향을 본다. 나는 바닥에 눕고 싶다. 어쨌거나 모든 것은 언제나 고함으로 끝난다 어머니는 온몸이 아프고, 정확히 어디가 아프다고 말할 수는 없으나, 심장이 몹시 빠르게 뛰고 있다. 어머니는 일에서 배제된다. 우리는 통조림 깡통에서 바로 음식을 떠먹는데, 찰스 오빠는 이를, 수감자 가족들이 사식을 보냈고 수감자들은 이불 아래에서 그것을 먹었던 소년원에서 배웠다. 외할머니 역시 팜비치에 있는 밴더빌트 가문의 저택에서 오빠에게 음식을 보냈으며, 우리는 할머니가 자랑스럽다. 찰스 오빠는 외할머니가 보낸 야자수 엽서 중 한 장에 적힌 '직업 학교^{Vocational School}'가 어떻게 '휴가 학교^{Vacational School}'가 되었는지 나에게 보여주는데, (외할머니는 젊었을 때부터 이곳에서 살았는데도 미국 말은 정말로 전혀 나아지지 못했고, 가끔은 wild의 w를 v로 쓰기도 한다.) 그러나 그곳은 힘든 곳이었고 휴가라고는 별로 없었다. 오빠는 키가 188cm이며, 나는 키가 그렇게 크지 않기를 하느님께 기도한다. 어머니는 털이 자꾸 빠져서 헤어스프레이를 뿌릴까 고민 중인 낡은 모피 외투를 입고 영화관에 가지 않는 날이면 침대에 누워 있다. 어느 날 부엌에 들어가니 빵에 행주가 둘러져 있었는데 - 그건 내가 그 일부가 되고 싶은 포옹은 아니다. 아버지는 베르타와 사이가 틀어지면 우리집에 와서 어머니와 사이가 틀어질 때까지 지낸다. 나는 아버지가 비명과 고함 소리의 파도에 휩쓸려 계단을 내려오는 모습을 본 적이 있다. 칼(나는 이제 오빠를 칼이라고 부른다. 오빠가 그걸 선호하기 때문인데, 우리는 사람들이 선호하는 이름을 써야 한다.)이 아버지에게 화가 났는데, 할머니가 오빠를 위해 찾아준 보험을 아버지가 훔치려 했기 때문이었고, 할아버지가 고생 끝에 죽음을 맞이한 것은 아버지 잘못이라고, 아버지가 동전 한 푼도 살림에 보태지 않은 채 가진 것 모두를 경마장에 탕진하고 말았기 때문이라고 외쳤다. 아버지는 지금도 여전하다. 오빠가 내게 부고를 보여주었다. 두 장이 있었는데, 처음에 그들이 나를 빠뜨렸기 때문이었다. 이튿날 정정되어서, 나는 신문에 '유족'으로, '손주'로 나왔다. 나는 종종 부엌 의자에 앉아 있곤 한다. 수돗물이 똑똑 떨어진다. 그것은 갈대밭 속의 삶이다. "아니야, 비비안, 그건 벽지에 그려진 옥수수 이삭이야." 어머니가 칼 오빠에게 화가 나면, 나는 오빠와 말을 나눌 수 없다. 어머니는 교도소에서 나온 감독관에게 오빠를 미치광이 약물 중독자라고 부르며, 그에 대해 안 좋게 말을 한다. 어머니는 그가 도벽이 있다고 말한다. 오빠 또한 어머니를 헐뜯는데, 어머니는 게으르고 청소도 빨래도 요리도 하려 들지 않는다고 말한다. 맞는 말이다. 외할머니는 칼 오빠가 밤에 바에서 연주할 수 있도록 새 기타를 주셨고, 오빠는 더 잘 듣기 위해서, 모든 것이 아마도 수정처럼 맑아진다고, 해시시 담배를 피운다. 나는 여전히 의자에 앉아있다. 어머니는 내가 있는 방에 들어가면 마치 내가 몸이 아니라 생각이었던 듯이 내가 그곳에 있다는 것을 느끼지 못한다고 말한다. 아버지와 내가 함께 좋아하는 것이 셋 있는데, 개와 뉴욕타임스와 해변이다. 아버지에게는 달려올 때 사람을 혼비백산하게 만드는 독일 핀서 두 마리가 있다. 그러나 그 녀석들은 더없이 착하다. 외할머니는 온 나라에서 제일 부자인 사람들을 위해 프랑스 음식을 만드는데, 가끔은 오래 두고 먹을 수 있는 고급 음식을 끈으로 꽁꽁 묶은 소포로 보낸다. 나는 외할머니의 소포를 좋아한다. 끈만 풀면 부엌은 외할머니의 존재감으로 가득 찬다. 우리는 서서, 찻숟가락으로 푸아그라를 먹고 있고, 곧 어머니가 옆으로 누워 있느라고 귀에 주름이 잡힌 채 꼭 아시아 도깨비 같은 모습으로 잠 냄새를 진하게 풍기면서 들어온다. 사과는 하나하나 얇은 종이에 싸여 있다. "나는 몹시 아파." 하고 어머니는 말한다. 가슴이 다시 내려앉는다. 만일 어머니가 죽으면, 나는 어떻게 되는 것일까? 얇은 종이는 어머니를 쓸쓸하면서도 즐겁게 만든다. 어머니와 아버지 모두 마을에서 가장 큰 집에서 살았고, 너는 보르가르를 알지, 어머니는 말하는데, 그렇다, 나는 물론 알고 있다. 그리고 나는 돌아가고 싶다. 아버지의 가족은 도축업을 한다. 그러나 과거 언제부터인가의 귀족 피로 인해, 성에 '폰'이 붙는다. 아버지의 집은 (천장이 아치형인) 복음주의 교회였던 건물이다. 그들은 의미있는 존재였다. 그런 다음 미국에 왔고, 불현듯 아무것도 아닌 존재가 되었다. 정말로 성공한 사람은 결혼해서 '파크 애비뉴(주: 맨해튼의 부촌)'에 입성한 알마 고모뿐이다. 밴더빌트 가족을 위해 요리하는 것도 아마 멋진 일일 것이다. 하지만 외할머니는 대저택들을 방문하더라도 여전히 부엌 소속인 것이다. 칼 오빠는 자기가 집에 없을 때 어머니가 방에 들어오지 못하게 자물쇠를 샀는데 - 어머니는 담배와 돈을 찾으러 들어간다.

어머니는 이제 칼 오빠를 '그의 씨들'에게 넘기고 싶지만, 아버지와 베르타는 오빠를 원하지 않고, 오빠는 할머니와 살아야 한다. 엘리스섬에 수용된 독일인들은 아프리카인 요리사들을 원하지 않는다. 아프리카 사람들은 그들의 음식에 손댈 수 없다. 그렇다면 나는 독일인들이 더더욱 싫다. 다시 미국 말을 잘 하기 위해서 라디오를 듣는다. 오늘 인구조사국에서 누가 나왔다. 어머니는 서류에 우리 넷이 모두 여기에 산다고 썼지만, 실은 어머니와 나만이다. 말도 안 되는 일이지만, 어머니는 그 편이 나아 보인다고 말했다. 나는 거의 언제나 부엌에 있는데, 그 이유는 라디오 때문이기도 하고, 또 한 다른 모든 것을 견딜 수 없기 때문이기도 하다. 나는 이제 오빠 방을 받았지만 어머니 방으로부터의 병과 분노가 흘러 들어온다. 프랑스에서는 어머니가 나를 사랑했는데.

내레이터
베르타와 찰스(또는 찰리, 다정한 시간일 때 베르타가 부르듯)는 베르타의 조카 두 명을 집에 데리고 있었는데, 그중 하나는 찰스가 칼로 베르타를 위협했을 때 너무 겁이 나서 보통은 아무도 가지 않는 독일로 달아났고, 다른 하나는 찰스가 그의 계좌를 거덜낸 후 육군에 입대했습니다. 겁쟁이 애송이 녀석들, 이라고 찰스는 말했지요. 그들과 함께 지낼 사람은 아무도 없을 것입니다.

비브
할머니 집에 가면 가끔 외할머니도 그곳에 있는데, 어머니가 없어서 평온하다. 두 노인는 서로의 발을 손으로 열심히 비벼서 데워 준다. 유난히 추운 겨울이다. 칼은 머릿속이 열두 살이라고 할머니들이 부엌에서 말하는 것을 들었다. 그러나 오빠는 밴드와 라디오에서 연주해서 한 달에 오백 달러를 벌고, 게다가 경마장에서 정보를 제공하며 조금 더 번다. 그는 지금 여섯 종류의 약을 한다. 그는 정신을 차리기 위해서 육군에 입대하려고 하지만, 육군이 그를 원하지 않는다. 그러다가 진주만 공습이 터지고, 그는 징집되고, 우리는 조용하고 비밀스러운 감사를 일본인들에게 보낸다. 약물 중독자라는 사실이 발각되고 그는 군대에서 쫓겨난다. 그는 다시 할머니 집에서 두 손으로 머리를 감싸고 앉아 흐느낀다. "도무지 아무것도 통제할 수가 없어요."

마리 플로랑틴 이모가 세상을 떠났다. 우리는 그녀를 위해 촛불을 밝혔다. 지금 보르가르는 철저하게 비어 있다. 독일군 병사들이 양들과 아마도 말들까지도 잡아먹은 지 오래다. 아, 그 말들. 아, 이모. 이모의 죽음은 할머니에게 고향에서 알고 지내던 가난한 노파를 상기시킨다. 그녀는 숲 가장자리에서 혼자 살던 고령의 과부로 달랑 고양이 한 마리만 그녀의 곁을 지켜주고 있었다. 한 번은 마을 남자들 몇이 그녀에게 겨울용 장작 마련을 도와주었는데, 그들이 떠날 때 그녀는 따뜻한 식사 한 끼 말고는 줄 것이 없었다. "대체 무슨 고기 구이죠?" 생각해 보자. 그녀가 그들에게 대접한 것은 그녀가 그렇게도 사랑했던 고양이였는데, 그녀에게는 그것 말고는 아무엇도 없었고, 그들을 그냥 보낼 수는 없었기 때문이었다. 칼 오빠와 같이 있을 때면 종종, 어머니가 나에게 상처를 주었던, 잊을 수가 없는 그 말을 떠올린다. 나는 오빠가 그 방에 있다는 것을 느끼지 못한다. 강인한 정신력을 지닌 두 할머니에 비하자면 말이다. 오늘은 일요일이다. 우리는 우리가 살면서 가장 좋았다고 생각하는 때에 대해 이야기한다. 오빠는 할아버지 할머니와 살면서 브롱크스의 길거리에서 친구들과 뛰어놀던 때가 가장 좋았다고 생각한다. "그런데 왜 그렇게 자주 집에서 뛰쳐나갔니?" 할머니가 묻는다. 오빠는 계속해서 친구들에 대해, 그리고 야외에 나가 있는 것에 대해 이야기한다. 그도 나처럼 바깥공기를 좋아한다. 한 번은 히치하이크로 캘리포니아까지도 갔다. 외할머니는 대저택의 주방에서 요리사로 일하며 자신의 요리 비법을 서빙 접시로 성공적으로 옮겨놓던 때를 최고의 시절로 생각하지만, 거기에는 대가가 따랐고 - 외할머니는 자신보다 스무 살은 더 많은 할머니만큼 늙어보인다. 할머니는 조국을, 고국의 숲을 그리워하지만, 수많은 사람이 나무 둥치들 사이에서 총에 맞은 데다, 두 차례 세계 대전에다, 수용소에다, 아니, 우리는 그 생각을 그만하려고 노력해야 한다. 그리고 나는, 샹소르에서 내 자전거를 타고, 역시 자전거로 쌩쌩 내달리던 다른 친구들과 함께 달리던 그 시절이 그립다. 결국 필리프도, 장클로드도, 안나도, 마리즈도 자전거를 갖게 되었던 것이다.

내레이터

1940년대 어느 무렵인가의 그녀는 얼마나 오래 일했는지 오로지 신만 아실 정도로 오래오래 일하던 공장에서 거의 질식할 뻔했는데요, 그녀의 큰 손은 항상 밖으로 나가고 싶어했고, 비브와 재봉틀이라니요, 차라리 그녀는 우산인 것이나 다름없었습니다.

비브

나는 무거운 볼트가 달린 문 뒤로 그 속에 갇혀, 빛과 신선한 공기의 부족에 지쳐 체념하고, 내가 일을 마치면 이미 어두워지고, 잠을 자고, 다음 날, 다음 해까지도 일을 계속한다. 죽을 만큼 돈을 모을 때까지. 그러나 그 전에 '삶'이라는 커다란 그릇 속에서 우리는 부대껴 씻겨진다. 아마도 우리의 신발은 그것을 신고 계속 걸어갈 다른 발에 맞을 것이고, 내 경우라면 그것은 남자의 발이겠다.

잉그리드 버그만이 극장 밖에 서 있는 호기심 강한 군중 속을 지나가도록 도운 것으로, 아버지의 이름이 신문에 올랐다. 아버지는 그 극장에서 에어컨 정비사로 일하고 있었다. 나도 그 군중 속에 서 있을 수도 있었고, 아버지도 그랬는데, 우리는 유명한 사람들을 좋아한다. 아버지는 잉그리드 버그만의 사인을 받았어야 했지만, 그녀와 아주 가까이 있었다는 것(아버지는 만일 눈을 감고 정말로 집중

한다면 그녀의 향수 냄새를 여전히 맡을 수 있지만, 향기에 대해 이성적인 무언가를 말하기는 어렵고, 다만 "꽃냄새였어."라고 말할 뿐이고, "그런데 어떤 꽃이에요?"라고 나는 묻는다.)인데, 그것이 천 개의 사인보다 더 가치가 있는지는 나는 잘 모르겠다. 그녀는 아버지에게 팔을 맡겼다. 아버지는 그녀가 차에 타는 것을 도왔다. 그녀의 피부는 창백했고, 아버지는 팔꿈치가 잠깐 그녀의 옆구리 위를 스쳤을 때 외투를 통해 그녀의 갈비뼈를 느낄 수 있었다. 그 일 이후로는 결코 같은 사람일 수가 없는 법이다.

아버지와 나, 우리는 해변에서 무엇을 하나? 서로 모래를 털어주는 것이 아니라면 말이다. 우리는 큰 공을 던지고, 입마개를 덧씌운 개들은 장애물을 넘듯 물속에서 첨벙거린다. 칼은 수영을 하지 않고, 줄무늬 타월 위에서 다리를 꼬고 앉아 꼼지락거린다. 공원의 인도 계단에는 남자들이 누워 있는데, 다들 - 나약하고 의존적이며 지저분한 - 우리 오빠일 수도 있었다 아버지는 위스키 한 병을 손에 들고 자신의 독일어 'r'을 굴려서 발음하면서 파도 속에 서 있다. 자기 자신에게조차 말하지 못하는 것들이 있는 것이다.

아버지에게는 아무런 기억이 없다. 어린 시절에 있었던 일을 이야기해 줘요, 내가 말한다. 그러나 아무 말도 없다. 내가 아는 모든 것은 할머니나, 아니면 역시 할머니에게서 듣고 아는 어머니에게서 들었다.

무언가 일이 벌어졌다. 외할머니와 할머니는 어머니를 어느 하숙집으로 보냈고, 가슴이 엄청나게 큰 보호자를 구해서 내 방으로 이사시켰고, 돈이 오갔고, 어머니의 자리가 메꿔졌는데 - 그렇지 않았다면 이런 일은 절대 일어나지 못했을 것이다. 지금은 다른 삶이다. 부엌 벽에는 파란 수탉이 그려진 벽지를 붙였다. 나는 해변에서 우리의 사진을 찍어줄 사람이 생겼고, 우리 두 사람은 코미디언 '로렐과 하디(에밀리가 키가 작고 뚱뚱한 쪽)' 같았다. 그녀는 삶을 향상시켰다. 나는 지금 통신 교육으로 교과 과정을 이수하고 있고, 아파트는 책과 잡지로 넘쳐나고, 우리 둘 다 〈라이프〉 잡지를 좋아한다. 그리고 나는 감히 입 밖으로 소리내어 말은 못 하지만, 로버트 카파나 유진 스미스와도 같이 위험 속에서 전력질주하며 떠돌아다니는, 바깥에서의 삶을 꿈꾼다. 나는 잔처럼 먼지투성이 작업실에서 하루하루를 보내고 싶지는 않다.

나는 언제까지라도 누구의 손길도 닿지 않은 채로 남을 것이기 때문에, 머리나 옷차림 같은 하찮은 일에 시간을 낭비할 필요가 없다. 내가 바로 **보는** 사람인 것이다.

내레이터

비브는 남자나 결혼 없이도 잘 사는 여성들에게 둘러싸여 있었습니다. 외제니, 잔, 마리아, 마리 플로랑틴.

제 경우에는, 제 개처럼 단순 명료한 연인을 원합니다. 그래서 겉보기에는 머리를 베개에 나란히 대고 다정하게 누워 있는 듯하지만, 각자 육차선 고속도로의 혼잡 시간대 속을 끊임없이 질주하는 듯한 두 개의 생각들이 존재하지 않기 위해서인데요 - 저는 한때 연인이 있었고, 곧잘 심란함과 외로움과 무게가 압도적으로 느껴져서 가만히 있을 수가 없었고, 그래서 그녀의 머리에서 제 머리를 떼어내곤 했죠. 아, 제가 우연히 그녀를 깨우고 그녀가 눈을 뜨고 제게 그녀의 바닥 없을 푸른 인간적 우물을 응시하게 했을 때 제 시선을 마주친 것이 충직한 개의 시선이었다면 얼마나 좋았을까요. 물론 그녀는 제가 다시 베개에 머리를 눕히면 그것을 승리로 여겼습니다. '망자는 무덤 장식으로 유족의 사랑을 가늠한다.' 제 안의 목소리가 말했습니다.

자, 그럼 이제 다시 이야기로 돌아갑니다.

그 보호자를 구한 사람은 '좋으신 외제니'였는데, 아마도 롱아일랜드의 [부촌인] '골드코스트'에서의 인맥을 이용했을 것입니다. 그녀의 이름은 에밀리 호그마드입니다.

비브

에밀리는 우리가 완전히 새로 시작하고 있다고 말한다. 그리고 그녀가 그렇게 말하자마자 먼저 할머니가 돌아가시고, 일 년도 채 되지 않아 외할머니도 돌아가신다. 내 삶이라는 건물이 두 동강이 나고, 나는 어쩌나. 나는 에밀리의 품에 안긴 아주 작은 아이가 되고 그 안에서 그녀는 내가 익사하게 둔다. 내가 다시 살 만해서 일어서자, 나는 외할머니의 유산으로 '브라우니' 카메라를 산다. 또한 〈포퓰러 포토그래피(흑인 청년이 고가 철도 아래에서 뼈가 앙상한 말을 타고 있었다)〉의 구독권을 산다.

내레이터

칼과 비브는 자신들의 유산을 한꺼번에 받지만, 마리아는 조금씩 나눠서 받습니다. (외제니는 그렇지 않으면 어떻게 될지 알고 있었지요.)

비브

나는 다시 망자의 장면으로, 돌아가신 마리 플로랑틴 이모에게로 돌아왔다. 한때는 외로움을, 내가 평온하게 있을 수 있다는 것을 의미한다고 생각했지만, 이제 나는 그것이 나에 대해 조금이라도 아는 사람이 거의 남아있지 않다는 것을 의미함을 안다.

내레이터

마리 플로랑틴의 사망 후 유언장이 공개되자, 비브가 보르가르의 유일한 상속인이라는 사실이 밝혀집니다. 이는 그녀의 어머니가 영원히 분노하고 질투하게 만듭니다.

비브는 보르가르를 팔려고 샹소르에 갑니다. 그리고 이모의 유해를 공동묘지에서, 자신이 생-줄리앙에 사놓은 묘로 옮기고 비석을 세우기 위해서였죠. 그녀는 샹소르에 살고 싶지는 않았고, 여행에 쓸 돈을 원했고, 앙리 카르티에 브레송처럼 세상을 돌아다니며 사진 촬영을 하고 싶었습니다. 그녀는 농장을 이웃에게 팔고 상당한 돈을 마련합니다.

이 역마살을 타고난 가족은 마치 개미들 같습니다. 이들은 대서양을 넘나들거나 미국 안에서도 이 주에서 저 주로 옮겨다니며, 만일

하나가 머무르면, 다른 하나는 도망쳐서 달아나고, 다음 순간에는 그 반대이죠. 저는 (죽을 때까지) 침대에 앉아서 (죽도록 돌아다니는) 이 사나운 방랑자들을 지켜봅니다.

비브

제빵사가 물었다. "웬 사진을 그렇게 많이 찍어요?" 내가 대답했다. "몇 장인지 세어 봤어요?." 그러자 그는 말이 없었다.

다음은 샹소르에서 찍은 내 걸작 중 극히 일부의 선정작이다.

> 병아리들과 함께 있는, 위는 좁고 아래는 넓은, 탑처럼 키가 크고 검은 암탉, 골목 반대편을 바라보며 언제라도 날개를 펴고 병아리들을 품 안으로 감싸 안을 채비를 한 위엄 있고 자랑스러운 어미닭

> 이모의 새 무덤(내가 살 수 있는 가장 큰 비석을 샀다), 눈 덮인 무테 산과 경쟁하듯 빛나는 십자가가 새겨진 순백색 묘비와 함께.

> 목자 뒤에 있는 (그렇게도 탄력적이던) 양들

머리와 머리를 맞댄 돼지들의 삼위일체

보르가르, 미시적 세계, 높은 돌담, 일꾼, 마구가 풀렸거나 아직 마구를 매지 않은 말, 땅에 놓인 마차 축, 있는 그대로 말이 매어지지 않은 채 뒤집혀 있는 마차

포도주에 본성을 탕진한 무슈 파라무어, 그러나 그는 그때 마구간에서 내가 그의 손을 깨물었던 일을 분명히 기억하고 있었다. 보라색 얼굴에 풀어 헤친 바지 앞섶의 철면피

외할아버지

안녕하세요, 무슈 바유, 외할아버지라고는 부르지 않을 테니까요, 먼저 저 낡은 헛간 앞에서 사진을 찍어도 될까요, 저를 만나 주셔서 감사합니다, 감사합니다, 정말 감사합니다.

우리는 정원의 나무 아래에 앉아서 물을 탄 적포도주(내 쪽은 색깔 있는 물에 가까웠지만, 신맛은 났다)를 마시며, 마른 빵과 다크 초콜릿 몇 조각을 먹었는데, 우리는 둘 다 자신에 관해 이야기하는 것을 좋아하지 않았기 때문에, 뉴욕에 관해 이야기했고, 나는 외할

아버지에게 고층 건물들이 그에게 어떤 영향을 미쳤는지, 혹시라도 그 건물들이 산을 대체할 수 있다고 생각했는지 물어보려고 했지만 외할아버지의 폐는 화약 공장에서 코다이트 화약으로 망가졌고, 외할아버지는 그 단어를 말하려고 했지만 기침을 멈출 수가 없었다. 나는 보르가르에서 외할아버지가 했던 일에 관해 물었지만, 그것은 위험한 주제였다. 외할아버지는 겁에 질린 숨을 몰아쉬며 기침을 그쳤고, 나는 어린 시절에 대해 조금 이야기해 달라고 했다. 그러자 외할아버지는 탁자 위에서 손가락으로 병사를 삼아서 서로 적군인 두 부대가 서로를 향해 진군하는 광경을 나에게 보여주었고, 한쪽이 다른 쪽에 승리했지만, 유일한 생존 병사가 전사자들 가운데서 일어나 꽁무니를 빼고는 외할아버지의 어깨 관절이 허락하는 한 멀리 탁자를 가로질러 달아났다. (그건 젊은 시절의 당신이었어요, 무슈 바윤, 탁자는 전쟁터가 아니라 당신이 달아나 넘어갔던 대서양이었어요, 라고 나는 생각했다.)

마지막으로 나는 외할아버지에게 만일 아직 보지 않았다면 마리 플로랑틴 이모의 무덤에 있는 새 비석을 보러 가겠냐고 물었다. 외할아버지는 내 오토바이 뒤에 탈 수도 있었고, 자리 차지도 많이 하지 않았지만, 자신의 건강이 이를 허락하지 않는다고 느꼈다. 그렇다면, 다시 만나요$^{au\ revoir}$ 무슈 바윤, 니콜라, 나의 친애하는 외할아버지, 보르가르의 죄인, 유혹자, 이제는 나무 아래에 앉아 영혼을 기침하는 쭈글쭈글한 노인이여.

내레이터

여덟 살의 비비엔이, 절대 다시는 만나지 않을 것임을 아는 사람들에게 '또 만나요'라는 인사를 하지는 않았을 거라는 것이 기억났는데요, 이는 진실에 대한 그녀의 갈망과 어긋났던 것입니다.

비브

사진 현상소에서 기술자에게 최고의 사진들을 엽서로 만들어 달라고 했고, 우리는 서로 잘 통한다.

    나는 이 풍경의 모든 것, 그 부동성으로 인해 무대장치와 같은 분위기를 풍경에 부여하는 산과, 그리고 그 안에서 우리의 시선을 씻어주는 눈^{snow}을 찍는 데 성공했다. (여기서 나는 외할머니의 주방 중 한 곳에서 외할머니와 같이 일했던 언젠가를 떠올린다. 외할머니는 요리들이 나올 때면, 위층에서 먹는 음식 모두를 나에게 차려 주셨고, 각각의 요리 사이에 입가심으로 샴페인 소르베를 주셨다.) 나는 마을에 있는 모든 사람의 기록 사진을 (몇 사람은 한 장 이상) 찍었다.

나는 무테 산을 오르려고 하는데, 학교 다닐 때의 친구들, 그중 상당수가 지금은 성인이 된 기혼 남녀이고, 몇몇은 한 아이 이상씩 있는 친구들이 나 - '젊은 여성' - 혼자서 산에서 돌아다니는 것을 걱정해서, 이들을 안심시키려고 내가 무장을 하고 있다고 말했다. 나는 정상까지 가는 내내 웃음을 터뜨렸다.

내레이터
(글을 쓰고 있는 현 시점에서, 그들에 따르면) 2007년 경매에 붙여진 비비안의 소지품 중 상당량에서 발견되거나, 그녀의 사후에 유품에서 발견된 어마어마한 분량의 사진과 네거티브와 미현상 필름 중에서 약 삼분의 이가 모습을 드러냈는데, 이 중 그녀의 어머니 사진은 단 석 장으로 1951년의 어느 날 롱아일랜드의 사우스햄튼의 해변에서 찍은 사진들 가운데 발견되었습니다. 그러나 앞으로 나머지 삼분의 일에서 어머니 사진이 셀 수 없이 많이 나올 수도 있고요… 이것은 제가 지금 진행 중인 호기심이 가는 작업인데요… 저는 제가 '시간'의 궁둥이에 코를 처박고 있는 강아지 같은 기분이 듭니다만, 거기가 조금 비좁아서요… 코를 다시 뺍니다. 그리고 제 발을 이야기 속에 깊이 뿌리내립니다. 그리고 이러한 일이 일어났다고 주장합니다.

비브

어머니의 고통은, 잊을 수가 없다는 데 있다. 어머니는 살면서 겪었던 하나하나의 피해와 하나하나의 부당함으로 다시 또다시 돌아가서 매번 분노하고 매번 슬퍼한다. 그중 가장 큰 해를 끼친 사람은 물론 아버지이다. 그는 '계시록'에 나오는 '가장 사악한 야수'이고, 나는 성폭행의 산물이며(그녀는 이 말을 오늘 우리 나들이에서 마치 나에게 선물이라도 주는 듯이 말한다), 그녀는 그를 떠나고 싶었지만 그가 그녀를 보내주지 않았다는 것이고, 이를테면, 그가 그녀를 쓰러뜨렸고 내가 나왔다는 것이다. "그 말을 들으니 정말 안타깝군요."라고 나는 말하고 나서 물가로 내려가지만 어머니는 나를 따라온다. 왜냐하면 그것은 그녀에게 가해진 수많은 불행 중 하나일 뿐이기 때문이다. 태양이 환하게 빛나고 있어요, 그냥 좀 조용히 있으면 안 될까요, 하고 나는 생각한다. 우리는 물놀이도 했고, 음식도 먹었다. 나는 어머니를 딱하게 여기곤 했다. 나는 '착해짐'으로써, 계속 어머니에게 돌아감으로써, 그 모든 상처에 대해 속죄하고 싶었다. 또한 인정컨대, 오래도록 나는 놓아 버릴 수가 없었다. 나는 어머니에게 매달렸고, 어머니가 더 기분이 나빠질수록 나는 더 꽉 붙잡았다.

어머니를 입다물게 하는 방법은 단 하나이고, 그것은 어머니에게 온전히 집중하는 것이다. 그래서 나는 이렇게 말한다. "어머니, 어머니, 새 옷 입은 모습으로 사진을 찍어요." 우리는 이미 짐을 쌌고, 막 떠나려던 참이었지만, 이제 어머니는 짐을 내려놓고 바다 앞에서 자세를 취하고, 내가 어머니를 적절한 표정으로 쳐다보자, 애정이 쏟아지고, 연청색과 노란색(갈대)과 함께 너무 과해서, 나는 무릎을 꿇고 '삶'에게 소리치고 싶다. '항복했어. 당신의 조건은 너무 엄격해!' 그래서 나는 어머니에게 모자를 벗으라고 한다.

나는 어머니의 뒤에 있는 돛단배가 팔과 일직선을 이룰 때까지 기다리고, (지금 그녀는 삼각형으로 접은 모자를 들고 서 있다.) 당신의 배가 얼마나 통통한지요, 인생이 끝나버린 나의 노모여. 지금 어머니는 교활하고 냉담해 보인다.

그 후 나는 우리가 샤인콕 보호 구역에 함께 가 볼 수 있겠다는 생각이 들었다. 나는 예전에 한 번 그곳에 간 적이 있는데, 그러면 어머니는 자신보다 더 많은 피해를 입었고 자신보다 훨씬 더 많은 것을, 자신들의 땅을, 자신들의 생계 수단을, 자신들의 신성한 장소들을, 자신들의 미래를 잃은 사람들을 볼 수 있을 것이다. 밤이면 소녀들은 성매매를 한다. 아메리카 원주민을 성폭행하는 백인 정복자들. 나는 그것을 제안함과 동시에 후회를 한다. 어머니가 그들에게 깃털 옷을 입으라고 요구하겠다는 생각을 머릿속에 떠올릴 수도 있기 때문이다. 그러나 어머니는 전혀 듣지도 않고 돈이야기만 늘어놓더니, 느닷없이 《위대한 개츠비》가 촬영된 장소를 찾을 수 있겠다는 생각으로 얼굴이 환해지더니, 나를 쿡 찌르며 제이 개츠비가 닉 캐러웨이에게 늘 그러듯 나를 '올스포트$^{old\ sport}$'라고 부른다.

"어머니, 거기는 여기서 너무 멀어요." 나는 말하고, 그런 다음 어머니는 똑같은 맥락에서 계속 말을 잇는데, 그녀는 내 돈을 원하고, 내가 그녀에게 돈을 주기로 약속했다고 말한다. 아니에요, 그런 말을 한 적이 결코 없어요, 라고 나는 대꾸한다. (그러나 나는 확신할 수는 없는데, 어쩌면 언젠가 그저 평화를 위해 그녀에게 약속했을지도 모른다.) 보르가르는 그녀의 어린 시절 집이었는데, 왜 '**내**'가 보르가르를 물려받았을까?

칼 오빠는 그냥 사라졌다.

딸 자식은 그 어머니에게 평생 딸이라지만, 나 역시 여기서 벗어나고 싶고, 더 이상 그녀를 사랑하기 싫고, 공정하자면 나는 아버지도 더 이상 사랑하기 싫고 - 애정이여 꺼져라, 애착이여 꺼져라, 기억이여 꺼져 버려라.

나는 내가 일하는 가족의 집으로 들어가는 대문을 걸어 통과할 때면, 이들이 내 가족이 아니라는 점과, 그러나 나는 가족생활을 조금 하면서도 화상을 입지 않고 제일 가장자리에서 뜨거운 죽을 맛볼 수 있다는 점에 엄청난 안도감을 느낀다.

마리아

그 아이는 혼자다. 나는 혼자다. 그 아이는 영화를 보러 같이 갈 수도 있었다. 그 아이가 거절했을 때, 나는 그 아이가 생각이 바뀔 줄 알았다. 나는 그 아이가 되도록 혼자 영화관에 가고 싶어한다는 것을 알고 있는데, 그럴 때가 가장 자신이 보는 것의 일부처럼 느껴진다고, 나에게 말한 적이 있다. 그 아이는 아는 사람이 옆자리에 앉는 것을 방해가 된다고 느끼고, 이는 자신이 스크린이 아니라 영화관 좌석에 속해 있으며 자신의 삶으로 돌아가야 한다는 사실을 상기시켜서, 아 끝나지 말기를, 끝나지 말기를, 한다는데, 그것은 내가 영화에 대해 생각하는 것과 비슷하다. 그러나 그 아이도 예외를 만들 수는 있었다. 오늘만이라도.

내레이터

1953년에 마테른 스튜디오에서 비비안이 잔을 찍었던 사진이 한 장 있는데요, 이 사진에서 잔은 비비안의 샹소르 걸작 중 선별된 일부를 보고 있습니다. 글쎄요, 엄밀히 말하면 흰머리를 빗어 넘긴 온화한 모습의 사진 속 인물이 무엇을 보고 있는지는 볼 수가 없고, 단지 그것이 네거티브라는 점만 보입니다. 그녀는 사진이 찍히고 있다는 것을 아는 사람들이라면 다들 지을 만한 표정을 취했고, 우리가 혼자임을 알 때나 아무도 안 본다고 믿을 때 밀려오는 그 모든 적막감은 이마 안쪽 깊숙한 곳에 맡겨 두었습니다.

잔

브왈라^Voilà, 여기서 너는 내 공적인 얼굴을 보고 있어. 지금 나는 유명인이고, 어쨌든 한때 신문의 일면을 차지한 적이 있거든. 〈다시 정신이상이 되다〉라는 기사 없이도 해 냈던 일들까지 포함해서 말이야. 이건 어린 친구의 작품을 보는 데 열중하고 있는 자기 분야의 선구자의 얼굴이야. 조금 있다가 여기에 대해 한 마디 할 테지만, 정말 탁월한 작품들이야. 이건 언젠가 (아마도) 누군가가 보게 될 나에 대해 아주 다가간 사진이 될 것이고, 이것이 나라는 건 분명해질 거야. 왜냐하면, 굳이 겸손하게 말하더라도, 내가 유명하지는 않아도 잘 알려지긴 했거든. 내가 샹소르 출신의 사람들, 양치기, 농부, 꼭 노틀담의 종치기처럼 보이는 키 작은 소몰이꾼을 찍은 이 사진들을 보고 뭐라고 말할지, 나는 이제 알아 나는 이 사람들의 이름을 사진 밑에다 써 두어야 한다고, 그 이름들이 없다면 그들은 그저 양치기라는 직업의, 농부라는 직업의, 1950년대 프랑스령 알프스의 농촌 프롤레타리아 계층의 상징이 되기 때문이지만, 반면 '비비안, 네가 지금 막 찍은 사진은 나, 잔 베르트랑을 세상에 소개하고 있어.'라고 말할 거야.

내레이터

잔은 자신이 너무나 잘 알고 있고, 결코 다시는 못 볼 것임을 아는 풍경들을 봅니다. 고통 또는 우울함과 갈망이라는 엄청난 파도, 그리고 오래전에 돌아가신 부모님과 조부모님을 연상시키는 장소들이 다가옵니다. 어머니, 아버지, 미국에서는 금을 갈퀴로 긁어모을 것이라는 믿음으로 조국을 떠나면서 따라왔던 온갖 비참함이 떠오릅니다. 상황이 그렇지 않다는, 미국에서 오는 편지들의 하나같은 경고에도 불구하고 떠났던 것입니다. 잔의 아버지는 사람들이 그런 편지를 보낸 것이 그와 다른 사람들을 못 오게 해서 그들이 (금을) 더 많이 차지하려는 것이라고 생각했지요.

아니면 아마도 그녀는 아무것도 못 느낍니다. 어쩌면 그녀에게는, 정신 질환이건, 광기건, 우리가 어떻게 부르건 간에 그것은 '다른 사람들의 슬픔'으로부터 벗어나기 위해 그녀가 기어 들어간 무언가라는 생각이 불현듯 (왜 바로 지금일까요?) 들지도 모릅니다. 그래서 그녀는 머리에 담요를 덮은 채 한쪽 구석에 앉아있는 한 사람을 그려봅니다.

잔

정말 양들이 많다. 새끼들을 품에 안은 양치기들, 발코니에서 목에 두른 밧줄에 함께 묶여 있는 토끼 세 마리, 토끼들은 더 잘 보려고 (불만스러운 연극 관객 같은 표정으로) 앞발을 발코니 가장자리에 올려놓았지만, 곧 냄비 속으로 들어갈 터다. '비비안, 넌 동물을 잘 다뤄.'라는 말은 거들먹거리는 말처럼 들리지만 그런 의도가 아니었다. 그리고 여기에는 트레킹 폴을 들고 반바지를 입은 알프스 산 동네 아이들이 줄지어 있고, 온통 걱정에 가득 차 있고 불안해보이는 소년이 있다. 동물들과 아이들, 사람들은 그들을 마음대로 다루고, 가두고, 때리고, 학대하고, 망가뜨리고, 잡아먹거나, 내다 버릴 수도 있으니까.

구도와 책임감에 관해 이야기해야 할까? "사진을 찍는다는 것은 집중한다는 것이고, 집중한다는 것은 배제한다는 것이야."

    비브는 고개를 끄덕인다. (그리고 내가 기억하는 그녀의 어머니의 표정이 비브의 얼굴에 겹치는데, 그것은 마리아가 내 옆구리를 손가락으로 찌르며 내 '예민함'을 놀렸을 때처럼, 주금함과 조롱이 뒤섞여 있다). 왜냐하면 비브가 알고 있기 때문인데, 다 알고 있는데, 내가 무슨 기여를 해야 할까? 그래서 나는 칼에 대해 물어보지만, 비브는 칼이 어디 있는지 전혀 모른다. 이제 클라라가 들어오고, 비브는 우리가 지하실에 내려보내야 할 낡은 촬영 장비 옆에 서 있는 클라라의 사진을 찍는다. 칼이 도와줄 수 있었을 텐데, 라고 나는 생각했다.

"비비안, 언젠가 누군가 이렇게 말하겠지. '저 사람이 마테른 스튜디오의 설립자, 클라라 마테른이야.' 그러자 비브는 웃음을 떠뜨리며, 평소처럼 프랑스어 감탄사, '아-바-위'를 중얼거렸다. 이제는 내가 더이상 걱정할 필요가 없는 것 같다.

내레이터

1959년 비비안 마이어는 세계 일주를 하며 사진을 찍었습니다. (보르가르 매각을 통한 유산이거나 아니면 그 돈은 아마도 이미 오래전에 카메라를 사는 데 다 써 버렸고, 그래서 어쩌면 보모 일로 벌었던 돈을 저축해 두었다가 여행을 할 수 있었을지도 모르지요.) 그녀의 사진으로 보아서, 홍콩에는 중국인이, 카이로에는 이집트인이, 인도에는 인도인이 있다는 사실이 명백합니다.

카메라는 혼자서 여행하는 것을 쉽게 만들었고, 정말 마치 누군가가 동행하는 것만 같았습니다. 카메라는 그녀에게 프로젝트를, 목적을 부여했습니다.

사람들 앞에 멈춰 서서 그들을 쳐다보는 것이 어색하지 않았던 것은 거기에 사진을 찍는다는 목적이 있었기 때문이었습니다. 카메라가 바로 옆, 식탁보 위에 올려져 있을 때는 식당에서 혼자 앉아서 식사를 하는 것도 어색하지 않았는데, 왜냐하면 언제든 카메라로 손을 뻗을 수 있었기 때문입니다.

뷰파인더를 통해 프레임에 담긴 사각형의 세상을 보는 일에 모종의 진정 효과가 있는 것은 아닐까요?.

비브
1955년 뉴욕 현대 미술관에서 열린, 세계 방방곡곡, 온 세상 사람들의 사진이 전시된 대형 사진전 〈인간 가족^{The Family of Man}〉은 내가 사람들을 보러, 장소들을 보러 길을 나서게 만들었다. 전시 도록의 서문에는 사진이 인간에게 인간을 설명한다고 적혀 있었다. 나는 이해할 수가 없었다. 온 세상에서 아이가 태어나고, 결혼식이 열리고, 물을 마셔대는 모습을 볼 수 있다는 설명일까? 하나의 대가족으로서의 인류라는 것은 '원자폭탄' 이후 십 년만에 너무 감상적이지 않을까? 장차 이 '위대한 가족'에게 더 심한 범죄가 일어나는 것을 피해 보겠다는 의도일까? 이는 응당 극히 칭찬할 만하겠다.

내 말을 오해하지 마시길. 전시된 사진들은 훌륭하다. 나를 주저하게 만든 것은 도록 서문과 전시 기획의 감상적인 면이었다. (내가 만일 수전 손택의 《사진에 관하여》에서 〈인간 가족〉이 역사의 결정적 비중을 부정한다고, 이를 감상적 휴머니즘이라고 쓴 부분을 지나쳤다면 나는 이를 미처 못 봤을 것이다.)

내레이터

당시 이미 그녀는 시카고의, 아들 삼형제를 둔 어느 가족의 집에서 삼 년 동안 보모로 일하고 있었습니다. 그리고 그전에는 롱아일랜드의 사우스햄튼과 뉴욕의 여러 곳에서 가사도우미로 일했습니다. 그녀를 고용했던 많은 가족의 증언은 서로 비슷하기 때문에, 저는 그중 한 가족의 집에서 그녀가 살았던 때에 관한 이야기만 하기로 (그리고 말하자면 이야기를 지어내기로) 결정했고, 이름하여 시카고 윌멧의 (제가 지어낸 이름인) 라이스 가족입니다. 그렇지 않으면 중복이 많이 될 텐데요, 아무도 그것을 좋아할 리가 없습니다. 저는 시카고 하일랜드파크의 아들이 셋인 가족을 선택할 수도 있었는데, 그 가족은 그녀가 가장 오랜 시간을 보냈던 가족이고, 그녀의 남은 생애 동안 그녀를 지켜보았고, 그녀가 나이가 들자 도와주고, 아파트를 구해 주고, 임종을 지키고, 그녀의 재를 그녀가 가장 좋아했던 장소였던 숲속 어딘가의 산딸기가 무성한 곳에 뿌려 주었습니다. 그러나 솔직히 말하자면 아이 셋을 감당해야 하는 것이 제게는 너무 부담스럽게 느껴졌고, 그래서 자녀가 하나뿐인 가족을 선택했는데, 제가 외동아들인지라 제가 아는 구조를 고수했고,

이미 수프를 몇 그릇이라도 끓이기에 충분한 등장인물들이 있었던 것입니다.

비비안은 미국으로 돌아가기 전에 샹소르에 들릅니다. 아마도 1930년대에 아버지가 빌리고는 갚지 않았던 돈 때문에 조소 일가와의 관계가 틀어졌기 때문인지, 그녀는 한번도 그곳에 돌아가지 않았습니다.

저는 드라마화된 장면들이 들어 있는 다큐멘터리들을 정말 좋아하지 않는데요, 이를테면 한 가지 사실이 설명되고 그 후에는 배우들이 방금 내레이터가 설명한 것을 보여주는 장면을 연기하는 것 말입니다. 어두운 생각들이 들 때면, 제가 길을 잃고 이 끔찍한 장르 속으로 들어와 버렸을지도 모른다는 생각이 듭니다.

마르셀 조소
먼지구름과 굉음 속에서 내 친척이 달려오고, 소들은 꼬리를 하늘로 치세우고 내달린다. 잠시 후 그 아이는 우리집 문 앞에 멈출 것이다. 길에서 쌩쌩 달리는 것 말고는 하는 일이 없다. 그녀는 누가 왔을 때 자기 어머니 뒤에 숨거나, 근처에 마리아가 없으면 드레스를 머리에 뒤집어쓰는 수줍음이 많은 아이였다. 지금은 자신에게 관심이 쏠리게 하는 일 말고는 아무것도 하지 않는데, 오늘도 목에 카메라를 세 대나 걸고, 안녕하세요, 하는데, 비비안, 나는 네가 사진을 찍는 게 싫구나, 그리고 오토바이가 소들을 겁먹게 해. 네 생각에는 네 아버지가 빚을 갚기는 할 것 같으냐? 너는 여기 서서 사진기를 내놓는 것이냐? 그러면, 빚이 상쇄되기라도 하는 거냐? 너는 우리가 웃음거리가 되고 싶어 한다고 생각해? 우리가 그걸 가지고 도대체 뭘 하겠니, 너처럼 들판의 농부들을 찍으라고? 우리는 농부들이야. 너는 네 기계를 계속 갖고 있어도 되고, 네 목에다 그 줄을 다시 걸어도 돼. 찰스 마이어는 아직도 우리에게 백 프랑을 빚지고 있고, 그 빚은 카메라 한 대로 갚아지지 않아. 나는 그 말을 하지 않았다. 나는 그 아이가 내게 그것을 내밀었을 때 아무 말도 하지 않았다. 나는 단지 내 손을 등 뒤로 하고, 머리를 저었을 뿐이다.

비브
마르셀은 내가 전원적인 풍경을, 사진으로 치환시킨 목가적인 풍경을, 전원시를 추구한다고 생각하는 걸까?

내레이터
그녀는 그에게 자신의 롤라이 2.8C를 제시했지만, 그가 원하지 않았던 것을 다행으로 생각했습니다. 비록 지금은 3.5F와, 경우에 따라 나머지 부분이 다 자란 그녀 안에서 중심을 차지한다는 인상을 주는 베이비 롤라이만을 쓰고 있지만요.

비브

어머니는 잔에게서 받은 오래된 롤라이를 다시 가져와 달라고 부탁했지만, 나는 그것을 거기에 남겨두고 말았다. 다시 가져왔다면, 우리는 어머니가 전혀 좋아하지도 않았던 사진 촬영에 관해 이야기를 하고 앉아 있어야 했을 것이다. 고통스럽고 무의미한 일이 될 터였다. 할 말이 뭐가 있을까? 단지 그저, 찍는 것일 뿐이다. 걷는 것과 매한가지다. 어머니는 카메라를 팔고 싶은 것일까? 잔은 죽었고, 나는 어머니가 카메라를 팔게 두지 않을 작정이다.

한번은, 나도 잔처럼 사진작가가 될 수 있을 것이라고, 어머니에게 말을 했거나 단지 그 가능성을 내비쳤는데, 그러자 어머니의 입은 경멸조가 되더니, "네가 세상에 무슨 할 말이 있다고 생각하니?"라고 말했다. 그 말에 나는 무척 화가 나서, "나는 분명히 어머니처럼 종일 침대에 누워서 끝나고 싶지는 않아요."라고 말했다.

내레이터

잔이 그녀에게 준 것은 '롤라이플렉스 오리지널'입니다.

비브

그랬다. 유혹이 되긴 하지만, 어머니는 그것을 가질 자격이 없기에 나는 그 카메라를 두고 간다.

    나는 고요함을 갈망해서 돌아왔지만, 그것을 참을 수가 없다. 나는 할머니가 떠올랐고, 거리에서 나는 온갖 소음을 좋아했던 할머니의 소음 사랑이 떠올랐다. 할머니는 소음 없이 산다는 것을 결코 상상할 수가 없었는데, 당시의 나는 그것을 이해하지 못했고, 할머니의 거실에서 밤을 보낼 때면 소음 때문에 잠을 잘 수가 없었다. 소음은 틀림없이 할머니의 고립감을 덜어 주었던 것이고, 근처에 다른 살아있는 존재들이 있다는 점에 관한 확인이었다. 바로 여기에서 오토바이가 관여하는데, 나를 태우고 다니기 위해서만이 아니라 내 사기를 지켜주기 위해서이기도 한데, 우리는 알프스 산맥을 향해 함께 포효한다. 나는 별채며 증축된 건물과 헛간이 두려운데, 그 안에서는 온갖 일들이 일어날 수 있는 것이고, 갇힌 사람들이 고문당하는 소리가 들려오는 것만 같다.

내레이터

자, 이제 우리는 어린 시절과 성장 과정과 청소년기를 지나 왔습니다. 비비안이 고용주에게 자기 자신에 대해 아무 말도 하지 않았던 것을 아직도 이상하다고 생각하는 분이 **계십니까?** 제 오빠는 약물 중독자이고, 아버지는 아주 폭력적인 알코올 중독자이고, 어머니는 극도로 나태한 사람이고 어느 누구에게든 빌붙어 살아갑니다만, 그나저나 그중 아무도 다른 하나를 견딜 수 없어 하지요.

비브

사람들은 수수께끼를 좋아하는데, 불완전하고 설명할 수 없는 것들은 굉장히 매력적이다. 나는 '수수께끼같은 여자'이다. '반으로 톱질된 여자', 여기서 잘려져 나간 것은 과거이다.

내레이터

더 이상은 그렇지 않습니다. 과거는 다시 접착되었습니다.

자, 이제 우리는 다시 시카고로, 제 마음 속에 구글과 위키피디아와 시 몇 구절만으로 세워놓은 열악한 무대 장치로 돌아왔습니다. - 이 프로젝트에는 제대로 된 소설가가 불려 왔어야 합니다. 타르타르 사람들에 대한 글을 쓴다면, 싱싱한 날고기를 안장 밑에 넣고 멀리 시베리아 너머까지 고기가 말랑말랑해지도록 달릴 그런 소설가 말입니다.

어쨌든 제 마음속의 시카고로 돌아갑니다. 아마도 70년대 후반의 언제일 겁니다.

비브

"결혼한 적이 있으신가요?" 그가 물었다. "아니요, 그리고 저는 아직 순결합니다." 나는 대답했다. 그러나 저는 지난 수년 동안 다른 사람들이 양말을 갈아 신는 것처럼 가족을 바꿔 왔어요, 라고 덧붙일 수도 있었다. "저는 제 인생을 가지고 다니고, 제 인생은 상자에 담겨 있어요." 내가 말했다. "문제없어요, 우리집에는 넓은 차고가 있어요."라고 그녀가 말했지만, 그럼에도 이백 개의 상자는 그들을 놀라게 만들었다. 그들과의 고용 관계가 끝나자 다시 이사를 가야했고, 나는 창고 두 개를 빌려서 모든 짐을 그곳으로 옮겼다. 이제 무엇이 어디에 있는지 전혀 모른다는 사실은 더 말할 필요도 없다.

나는 사진 현상을 완전히 중단했다. 단지 더 이상 감당할 수가 없었다. 만일 내 사진들이 예를 들어 루스 오킨, 에스터 버블리, 헬렌 레빛, 리제트 모델의 사진들과 같이 흰 벽에 아무렇게나 걸려 있었다면 누가 무엇을 찍었는지 우리가 구분할 수 있을지가 확실하지 않다고 믿기 시작했다. 아마도 언젠가 나도 그 사진들을 알아보지 못할지도 모른다. (오랜 세월이 지났다면, 나는 내가 그 사진들을 찍었다는 것도 완전히 잊어버릴지도 모른다.) 그러나 그 모든 것은 상상일 뿐이다.

내레이터
잔 베르트랑은 제1차 세계대전 무렵 거트루드 밴더빌트 휘트니와 친구였습니다. 비브, 만일 당신에게도 그런 친구가 있었다면 어떻게 되었을까요?

비브
그것을 알 길은 없어. 그리고 '친구'는 과한 단어야.

내레이터
아마도 그녀가 당신을 이른바 '환경^{milieu}'으로 끌어들였다면, 당신은 예술가 친구들을 얻었겠지요.

당신은 조금 더 용기를 보여줘야 했어요. 당신의 명함을 탁자 위에 놓았어야 했어요. 당신은 예술가로서, 옷장 속에서 뛰쳐 나왔어야 했어요.

비브
아바-위.

내레이터
당신은 타락하는 것이 두려웠나요? 당신의 사진들이 은행으로 가는 길에 그 순결성을 잃을 것을 염려했나요?

비브
나는 결코 그렇게 멀리까지 생각하지 않았어.

나는 어머니에 대해 말하고 싶어. 단 한 번 내가 촬영한 무언가를 어머니에게 보여주었을 때, 어머니는 그것을 '괜찮다'고 말했어. 어머니가 그 사진을 그저 괜찮은 것 이상으로 생각하지 않는 것에 몹시 분노했지. 그렇다고 해서 어머니에게 그것을 평가할 어떤 근거가 있었던 것도 아니야.

세라
언제나 '엄마' 탓이지. 엘렌을 봐요.

비브
참, 엘렌은 어떻게 지내요?

세라
그 아이는 엄청나게 과체중이죠.

내레이터
비비안! 내가 '홍보'라고 말하면 가장 먼저 떠오르는 단어를 말해 봐요.

비브
눈꺼풀 뒤집기. 눈 전체가 보이도록 눈꺼풀을 갈고리나 맨손으로 뒤집는 것.

내레이터
그녀는 트라코마 결막염 감염 여부를 확인하기 위해 엘리스섬에서 이주민들이 받았던 끔찍한 눈 검사를 생각하고 있습니다.

비브
일을 그렇게 복잡하게 만들지는 말지 그래. 나는 그 사진을 찍으면서 봤어. 그것이 다야. 그만 해. 나는 아주 가끔씩만, 절대로 아니라고 얘기하면 거짓말일 테니까, 홍보를, 전시를, 꿈꿔.

내레이터
사람들은 당신을 에밀리 디킨슨과 비교했습니다.

비브

에밀리는 자신의 정원을 좀처럼 떠나지 않았지.

나는 세계 곳곳을 다녔어.

그녀에게는 집이 있었지.

나는 끊임없이 뿌리를 뽑았어.

나는 키가 커.

그녀는 키가 작았지. 애머스트에 가서 그녀의 침대와 흰 드레스를 봤거든.

그녀의 시는 표면 아래에서 숨을 쉬지.

내 사진은 직설적이야.

내레이터

그 비교는 전해지는 작품의 크기와 사후 출판물에 관해서이죠. 그녀는 사후에야 출판됐고, 천팔백 편에 가까운 시를 남겼습니다. 그리고 당신들 두 사람 다 아무와도 연인이 되지 않았죠.

비브

그래서 우리가 그렇게 많은 일을 해냈던 거야.

내레이터
당신이 사진을 너무 많이 찍어서 '먼저 사진'을 '다음 사진'에 익사시켰다고 말한다면 틀린 말일까요?

비브
그건 이상한 생각이야. 그래, 그건 완벽히 틀린 말이야.

내레이터
에밀리는 그것이 남성이었건, 뮤즈였건, 신이나 악마였건, 자신이 그리워했음에 틀림없던 '주인Master'에게 편지 세 통을 썼습니다. 제가 만일 당신의 사후에 '주인'이 될 수 있었다면, 당신이 아이들을 데려갔던 숲속에서, 산딸기 위에 뿌려진 채로 아늑하게 누워 있는 그곳에서, 아이들이 거침없이 뛰어 다니며 웃고, 당신의 주머니에서 복숭아를 훔쳐내는 동안, 아마도 언젠가 자기들이 그곳에서, 재가 된 당신 위에 서 있을 것이라는 생각은 하지 않았을 텐데요.

비브
염치도 없지. '내레이터'야말로 진짜 범죄자야.

내레이터
친애하는 비브, 당신은 '해협'을 가로질러 저를 끌고 왔어요. 강풍까지 부는 날에 말이죠, 거의 언제나 홰에 앉아서 창턱에서 지저귀는 저를요… 오늘, 2016년 4월 28일, 저는 스웨덴 헬싱보리의 둥케슈 문화회관Dunkers Kulturhus에 서 있습니다. 여기서 당신의 사진 중 백여 점으로 이루어진 전시가 열리고 있어요.

비브
별로 많지 않군.

내레이터
더 많은 작품을 전시할 공간이 없어서이죠. 둥케슈 문화회관에서는 '페츠손과 핀두스' 전시가 동시에 열리고 있습니다. 제 동행자와 저, 저희 둘도 다른 사람들처럼 당신의 사진을 매우 좋아하지만, 그 사진들 덕분에, 우리가 '리얼리즘(당신의 리얼리즘이 아니라 리얼리즘 사조 자체 말이에요)'에 쉽게 싫증을 느낀다는 것과, 다른 작가들의 요령을 두고 제 동행자가 일컫듯 '재미 손잡이를 작동하기'를 바라게 된다는 점을 이야기하게 됩니다.

비브

그건 구운 고기를 주문해 놓고, 캐비아가 아니라고 불평하는 것이군.

내레이터

불평하는 것이 아닙니다. 제가 말씀드리고 싶은 것은, 당신이 어떻게 그렇게 많은 사진들을 찍을 에너지를 얻었는지에 관한 생각인 셈입니다만, 적어도 제가 보았던 바로는 주제에 대한 접근 방식들이 동일해 보입니다. 당신이 사진을 찍는 줄 아는 사람들을 클로즈업할 때는 마치 당신들 두 사람 사이에서 일어나는 접촉의 불꽃을 찾고 있는 것처럼 보이고, 당신이 사진을 찍는 줄 모르는 사람을 찍을 때는 마치 그들의 얼굴에서 일종의 체념을 찾고 있는 것처럼 보입니다. 그러나 물론 가끔씩은, 의도나 서사를 보여주는 상황들도 드러나고, 그 사람들이 하고 있는 일들은 물론, 그들이 바라보는 방식도 드러나 있습니다. 〈노란 옷차림의 중년〉이나 〈나들이에 나선 화려한 닭들〉이라고 이름 붙일 만한 사진을 한번 보시죠.

달걀 노른자위 색상의 반바지를 입은 두 남성, 같은 색 치마를 입은 한 여성, 게다가 남성들은 레몬색 양말까지 신고 있습니다. 이것이 1976년의 그날, 이 육십대 노인들이 아침 식사를 위해서 내린 공동

의 결정이었을까요. '시카고 나들이를 나서기 전에 우리 다 같이 똑같은 노란색 새 옷을 입으면 어떨까?'

비브
왜 내 사진들의 구도에 대해서는 언급하지 않지?

내레이터
내용이 그 의도를 강요하고 있습니다.

비브
요즘은 사진을 찍으려고 하면, 이미 가봤고, 이미 봤고, 이미 해봤다는 생각이 들 때가 있는데, 그러면, 너무 실망스럽다. 오늘은 마음속에서 목소리 하나가, 나는 인류를 바라보는 데 시간을 쓸 만큼 썼다고 속삭였다. 그러나 인류의 쓰레기 포장 더미, 그곳은 아마도 파고들어 봄 직하다.

내 출혈은 멎었고, 나는 땀이 나고, 심장은 달음박질하고, 기분은 산악 지대와도 같아서, 올라갔다가도 곧 내려간다. 나는 안락의자에 앉아 꾸벅거리다가 눈이 감겨오지만 그때 몸을 간신히 움직여서 침대로 들어가는데, 베개에 머리를 대는 순간 심장이 두근거리면서 넓디넓은 공간을 가로질러 잠이 확 달아난다. 아침에는 마치 누군가 내 눈 뒤를 갉아 먹은 듯이 텅 빈 느낌이다.

오늘은 해서는 안 될 일을 했는데, 시내에서 아이들을 두고 떠났고, 그야말로 달아났고, 나는 그 아이들을 한시도 더 참을 수 없었다. 영리한 아이들은 경찰관을 찾아갔고, "보모에게서 도망친 거니?"라고 경찰관이 묻자, "아니요, 우리 보모가 우리에게서 달아났어요."라고 대답했다고 나중에 토로했다. 경찰관이 아이들을 태우고 집으로 데려다 주었다. 나는 우리가 서로 떨어졌던 것이라고 말했다. 그들은 내가 거짓말을 하고 있음을 알고 있었다. 그리고 거짓말을 싫어하는 것은 다름 아닌 나다. 곧 나는 노인들을 돌보는 쪽으로 일을 바꿀 것이다. 나는 거처와 신선한 공기로 가득한 생활을 마련하는 데 성공했다. 아, 실로 감사한 일이다.

오늘 나는 어머니가 세상을 떠났다는 사실을 알게 되었다. 두어 달 - 그것이 행정 당국이 나를 찾는 데 걸린 시간이며 - 전에 일어난 일인데, 어머니는 땅에 묻힌 지 이미 오래다. 어머니는 어느 호스텔에서 삶을 마쳤는데, 나도 익히 아는, 매춘부들과 마약상들이 투숙하는 정말 지독히도 지저분한 곳이었고, 뻔하게도 어머니는 값나

가는 것을 하나도 남기지 않았다. 만일 내가 원한다면 어머니의 옷과 소지품을 가져올 수 있었지만, 나는 그러고 싶지 않았다. 그러나 이 일로 좋은 일이 생겨났다. 같은 이유로 행정당국은 칼을 찾아내는 데 성공했고, 나는 이제 칼이 어디 있는지 안다. 믿기 어려운 일이다. 그는 뉴저지에 소재한 정신질환자 요양원에 있는데, 만일 내가 원한다면 그를 방문할 수 있고, 그래서 나는 지금 그럴까 생각 중이다. 나는 누군가 내 말을 녹음할까 봐 두렵긴 하지만 내 방에서 소리내어 말하는 사치를 누리고 있다. 나는 내 녹음기를 수년 동안 보지 못했던 것 같다. 나는 밖에 나갈 때는 프랑스어로만 생각하기로 나 자신에게 약속했다. 만일 정신이 나가서 혼잣말을 떠들어야 한다면, 쏟아져 나오는 것이 프랑스어인 편이 나을 것 같다. 시내에서 세라를 만났는데, 그녀는 호숫가로 가는 길이었다. 나는 말했다. "나랑 이야기해요. 내 친구잖아요." 그녀는 말했다. "비브, 호숫가에 같이 가요." 그녀에게는 그녀를 끌어당기고 잡아당기는 어린아이들이 있었는데, "정말 가야 해요."라고 말하고는 아이들이 끄는 대로 따라갔지만, 엘렌의 소식이 궁금하긴 해도 그렇게 햇빛 쨍쨍한 가운데 앉아 있고 싶지는 않았다. 나는 다른 경로를 통해 세라와 피터가 이혼했다는 사실을 알게 되었다.

세라

맞다. 우리는 이혼했다. 이혼이라는 전염병이 창궐하고 있다. 지난번 나의 늙어가는 친구들을 만났을 때, 언제나처럼 그들은 남자들에 대해 이야기하며 앉아있었고, 뒤에서는 온통 결혼생활들이 무너져가고 있으면서 저렇게 쏟아낼 에너지가 있다니, 하고 나는 생각했는데, 마침내 이 모든 이야기가 지겨워진 나머지, 한 친구가 일어나더니, 〈하늘에서 남자들이 비 오듯 내려와〉를 틀었고, 그 다음 순간 우리 늙은 여자들 모두가 일어나 거실 바닥에 서서 팔을 쳐들고 목청껏 소리쳤다. "습도는 높아지고 / 기압은 낮아지고 / 모두가 말하지 / 가야 할 곳은 거리라고 / 오늘 밤 처음으로 (처음으로) / 바로 열 시 반쯤 (열 시 반) / 역사상 처음으로 / 남자들이 비 오듯 내리기 시작할 거야 (…) 남자들이 비 오듯 내려와, 할렐루야, 남자들이 비 오듯 내려와."

비브

아버지는 언제 하늘에서 떨어질까, 어머니는 언제 땅에서 솟아날까, 나는 혼자이고, 나 자신의 한 귀퉁이에서 산다.

늙음과 젊음 사이보다 더 깊은 경계선은 존재하지 않는다고 나는 생각한다. 만일 가난하다면 부유해질 수 있고, 만일 부유하다 해도 분명히 가난해질 수 있다. 백인과 흑인도 서로의 경계를 넘어설 수 있다. 만일 원한다면 성별도 바꿀 수 있다. 그러나 노년과 청년의 경우라면, 제대로 각각의 진영에 속해 있다. 나는 이제 자전거를 타고 언덕을 못 오르며, 이 때문에 화가 나서 자전거를 내던져 버리고 걸어서 길을 올랐다. 나보다 젊은 누군가가 내가 버린 자전거를 타고 간다면 대환영이다.

마사의 동생은 내가 마사를 나의 복제품으로 만든다며 나를 좋아하지 않는데, 그건 어차피 나도 무언가를 사야 했던 구세군에서 모자와 외투를 사다가 마사에게 주었기 때문이었다. 마사의 가족은 그녀를 시설에 입소시키고 싶어하는데, 이는 말도 안 되는 일이고, 그녀는 할 수 있는 것이 아주 많다. 그녀는 핀볼을 좋아하고, 운동 신경도 좋다. 그들은 가사 일을 두고 불평이지만, 더러운 설거지 거리가 흘러넘치는 광경을 본 적이 있던가. 먼지를 보기 싫으면, 안경을 벗으면 된다. 그렇게 그 일은 끝났다. 그는 텔레비전 프로그램 진행자이고, 그의 아내는 다섯 아이를 남겨 두고 세상을 떠났고, 그 아이들은 나를 새어머니라고 생각해서 나를 좋아하지 않고, 내가 할 수 있는 일, 내가 하는 게임이나 음식도 고마워하지 않으며, 그들은 내 부족함만 볼 뿐이다. 하루는 차고에서 내가 시간이 나기를 기다리고 있던 **내** 신문(그 신문들은 **내 소유**였기 때문에) 중 일부를 그가 가져가더니, 페인트칠을 하려던 이웃에게 줘 버렸다. 나는 이웃집으로 서둘러 달려가서 그 신문은 **내 소유**라고 소리친다. 나는 신문을 돌려받지만 신문은 이미 구겨져 있고 페인트 자국이 묻어 있다. 나는 차고에서 밤 깊도록 최대한 구김을 펴고 깨끗하게 닦아낸다.

어떤 생각 하나가 내 안에 뿌리내렸다. 시간이 있을 때면, 나는 그 생각이 자라나게 둔다. 나는 칼을 요양원에서 해방시키고, 방 둘 딸린 작은 아파트를 구해서 직접 그를 돌볼 생각을 하고 있다. 나는 랭리 콜리어처럼 나가서 먹을 것을 구하고, 내가 소위 그 밤나들이에서 돌아오면 그가 문 앞에서 기다리고 있다. 나한테 무엇을 가져다 주는 거야, 그는 이 말을 물을 것이고, 내가 가방을 내려놓을 때까지도 참지 못하고, 이미 그 안에 손을 넣어 마음에 들 만한 것들을 찾기 시작할 것이다. 그는 더이상 약물 중독자가 아닐 텐데, 왜냐하면 내가 도무지 그것을 참아낼 수가 없기 때문이다. 그는 수년 전에 약물을 끊었을 것이고, 그랬어야만 한다. 아니라면, 나는 그에게 마약을 사다 주려고 밤에 나갈 것이다. 그가 도망이라도 간다면, 나는 나가서 그를 찾아올 테다. 만일 느닷없이 두 경찰관 사이에서 그가 보인다면? 그 돈은 다 어디서 나올 것인가? 나는 아파트 월세도 간신히 낸다. 그렇다면 나는 그가 약물을 단번에 뚝 끊게 만들 것이다. 그는 이제 약물 중독자가 아니니까 됐다. 그는 그 모든 힘든 세월을 보낸 후 건강이 좋지 않지만, 나는 오렌지 다이어트만 시키지 않을 정도는 알고 있으며, 우리에게는 결코 극단적이지 않고 편안하고 간단하면서도 지극히 평범한 식단이 있다. 나는 그가 죽을까 봐 두려워하며 산다. 나는 우리가 무엇에 관해 이야기했었는지, 우리가 이야기를 하기는 했었는지 기억할 수 없다. 어머니에 대해서? 우리들의 '아시아 도깨비'에 대해 무슨 할 말이 있었던가. 어머니가 부엌으로 들어서면 우리는 고개를 숙였는데. 죽음이 어머니를 멈출 수 있었다는 사실이 아직도 와 닿지 않는다. 어머니는 꼭 증기 기관차 같았다.

자, 곧 나는 뉴저지로 갔다.

내레이터
그리고 당신은 정말로 그러지 말았어야 했습니다.

비비안
요양원은 언덕에 있고, 굴뚝이 많은 빨간 건물인데, 불현듯 칼이 우리에게 보냈던 콕사키 교도소의 엽서가 떠올랐다. 그곳 또한 빨간 건물이었지만, 엄청나게 넓은 잔디밭 위에 있었고 높은 굴뚝('수용소' 이후 굴뚝들은 영원히 끔찍해졌다)이 하나 있었다. 수감자들은 각종 물건을 만들었고, 재교육을 받는 동안 기술을 배워야 했다. '**휴가** 학교', 아, 외할머니, 그리고, 아, 친할머니, 두 분은 떼어놓고 생각할 수 없는 존재이다. 아니, 내가 먼저 불렀던 것은 아니다. 칼을 어떻게 불러야 할지가 언제나 곤란해서, 안내 접수대에서 조금 망설였지만, 오케이, 비비안 마이어인데요, 칼 마이어를 면회하고 싶습니다. 코 위에 얹힌 안경 너머로, 나는 그녀가 폴라 폭스를 닮았다고 생각한다. 그녀는 내가 높이 평가하는 인물이고, 그녀의 어머니는 내 어머니보다 더 고약한 듯하다. 친절한 얼굴이고, 불확실한 탐험의 좋은 시작이다. 브이 스미스, 너는 꺼져.

"안녕하세요, 제 오빠 칼 마이어를 찾고 있는데요, 제 이름은 비비안 마이어입니다."

그래, 그것이면 되는 것이었다.

"잠시만요. 그에게는 방문객이 온 적이 한번도 없어서, 단지 조금 준비가 필요해요."

나는 두렵다. 인정한다. 그래서 칼에게 주려고 가져온 초콜릿 한 조각을 재빨리 먹자 진정된다. 그들이 바쁘다고 단정지을 수는 없어. 어쩌면 그가 면회를 원치 않을 수도 있어.

내레이터

이윽고 스포츠 재킷과 야구 모자 차림의 키가 크고 마른 남자가 회전문을 지나 들어왔고, "잘 지내니?" 하고 외치고 나서 손짓으로 인사를 했습니다. 안내 접수대의 직원은 그를 비비안에게 안내하며, 금방이라도 비가 올 듯한 하늘 아래에서, 공원 산책을 하라고 제안했습니다. 그러나 공기만큼은 계절에 비해 춥지 않았습니다.

비비안

칼은 [발바닥이 아니라 발끝으로 걷는] 지행동물이 되어 있었다.

"오빠, 나 알아보겠어?"
"응, 그럼."
"산책하러 갈까, 아니면 앉을까?"
"앉자. 내가 잘 걷지를 못해."
"아니, 왜?"
"수은 중독이야."
"아니, 체온계라도 삼켰어? 그건 멍청한 짓이지. 어머니가 돌아가신 것을 오빠가 알고 있다는 건 알아. 아버지가 돌아가신 것도 알고 있어?"
"아니, 그냥 여기에 쭉 있었으니까."

"말해줘, 레이건에 대해 어떻게 생각해? 그 사람, 아버지처럼 입담이 좋아, 안 그래?"

내레이터
요양원 거주자 두 사람이 그들이 앉은 벤치를 지나갔습니다. "칼, 그쪽이 당신의 젊은 아내야?" 그중 한 사람이 물었고, 비비안은 웃음을 터뜨렸습니다.

"내 동생이야." 칼이 말했습니다.

"웃으니까 좋지, 안 그래, 칼?"

"어때, 다시 들어갈까?" 칼이 묻더니 일어났습니다.

"〈갤럽 매거진〉을 가져왔어."

"고마워, 좋은 생각이었어." 칼은 잡지를 받아 들고 걸어가기 시작했습니다.

"시카고에서 먼 길을 왔어."

"정말 고마워."

"하지만 여기 있는 것에 만족해?"

"응, 그래."

"같이 조금 더 이야기할까?"

"응."

"내가 갈대라고 생각했던 옥수수 이삭이 그려진 벽지로 도배된 부엌이 기억 나?"

"아니."

"오빠, 오빠는 나를 '시스'라고 두 번 불렀어."

"당연하지."

"그 말이 '시스터'보다 짧아서?"

"오늘 와줘서 정말 고마워."

"오빠, 잠깐만, 사진 찍을…"

사진 속에는 그의 등이 담겼습니다.

비브가 애써 떠나야 했을 무렵, 해가 바뀌고 또 바뀌어도 같은 환경에서 같은 사람들에게 둘러싸여 사는 칼이 자신이었으면 하고 바라는 순간이 잠시 있었습니다. 그러나 그것은 그저 시카고로의 여정이 그녀 앞에 놓여 있고, 그 길이 너무 길게 느껴지기 때문인지도 모릅니다.

비브
그러나 그곳에서 억지로 떠나 언덕을 내려오자마자, 나는 원하는 곳 어디든 갈 수 있다는, 오랜 기쁨이 되돌아왔다.

내레이터

둘이서만 일대일로 있었을 때 당신들 두 사람은 좋았던 적이 한번도 없었습니다. 할머니들이 필요했습니다. 할머니들은 기우뚱거리는 집의 기둥들이었죠.

비브

내가 버스에 올라 집으로 돌아가는 긴 여정을 시작하자, '**목적**'의 마지막 잔재가 나를 저버린 것처럼 느껴졌다. 마침내 기차에서 내렸을 때는 더 나빠져 있었다. **공허함**. **심연**. 그때 누군가가 "키키" 하고 외친다. 비가 쏟아져 내린다. "터널로 들어가지 그래요. 터널로 들어가야 해요." 하고 내가 외친다. 그런 다음 나는 그의 매트리스의 다른 쪽 끝을 잡는데, 우리가 그것을 끌고 가는 동안 수년 전 퀸스에서 유모차를 탄 세 아이의 모습을 찍은 사진 한 장이 떠오른다. 그 사진에서는 어린 여자아이가 끔찍하게 더러운 매트리스를 유모차에 넣으려고 애를 쓰고 있었다.

그를 찾아내자마자 그가 세상을 떠났다는 소식이 들려왔다. 정확히 한 달이 지난 후였다. 그러나 나는 다시 그를 찾아갈 것인가? 그렇지 않을 것이다. 나의 착한 아이들 셋이 나에게 아파트를 구해주고 집세를 내준다. 다들 언제나 어머니에게 돈을 공급했고, 그래서 어머니는 포기하고 침대로 들어가서 자신을 돌보려는 시도를 여간해서는 하지 않았던 것인데. 그러나 이제는 더이상 숙식을 해결할 일자리를 구할 수가 없다. 이제 일곱 개의 창고에 내 물건들을 보관하고 있다. 아파트로 그 물건들을 가져올 수도 있겠고, 다시 보고 싶은 물건들도 많지만, 이곳에서는 임시로 살 뿐이라고 짐작한다. 내가 왜 빗질하다 빠진 머리카락을 봉투에 넣는 건지 모르겠지만, 나는 멈출 수가 없다. 혹은 달리 표현하자면, 나는 이를 멈추기 위해 필요한 에너지를 낼 수가 없다. 그리고 누가 신경이나 쓸까. 나는 한번도 혼자만의 아파트를 가져본 적이 없었고, 언제나 밖에서 나 자신을 바라보는 것만 같은데, 이는 무척 성가신 일이다. 마치 한 손에 거울을 들고 걸어 다니는 것만 같은 것이다.

내레이터
누구라도 오랫동안 지켜보면, 낯설게 보입니다.

비브
나는 중력이 제 할 일을 잘 해왔고 그 끝이 다가오고 있다는 것을 욕실 거울 속에서 확인하는데, 마치 내가 나 자신을 바닥에 흘리고 있는 듯이 보인다. 하지만 높다란 여기, 더 이상 잘 보이지 않는 내 눈에 따르면, 내 건장한 발은 여전히 좋아 보인다. 내가 절대적으로 몸을 굽혀야만 할 때면 - 꼭 주워야만 할 무언가를 떨어뜨렸을 때겠지만 - 나는 이왕 그만큼 내려간 참에 다른 게 더 없나를 살핀다.

나는 짐에게 이야기를 하느라 그를 반쯤 죽음으로 몰고 가고, 그가 나만 보면 도망친다는 것을 안다. 말을 걸 다른 사람이 없다 보니, 내가 입을 열 때면 모든 수문이 다 열린다. 가끔씩 그는 나를 공짜로 들여보내 준다. 필름센터의 리셉션에서 내가 가방에 음식을 쓸어 담는 모습을 그에게 들킨 것은 알지만, 어차피 버릴 음식이다. 가방 안이 다 젖겠어, 다음에는 마른 것만 가져가, 키키. 저녁마다 집으로 돌아와서 잠긴 문을 열고 들어설 때마다 나는 생각한다. 지금 터널에 있는 사람들에게 내려가서 함께 한다고. 새 대통령에, 새 전쟁이다. 할렐루야. 내 친구인 카메라는 먼지가 쌓인 채로 누워 있다. 오랫동안 신문 일면과 간판과 낙서 말고는 다른 먹이를 찾지 못하고 있었다. '섹스만 즐기는 놈같으니' 같은 낙서 따위는 더 이상 나가서 찾아다닐 만한 좋은 먹잇감이 아니었던 것이다!

이윽고, 더이상 임대료를 낼 수가 없어서 일곱 개의 창고 중에서 다섯 개를 잃었다. 내 물건들을 어떻게 했나. 어디서 내 물건들을 되찾나. 물건들은 경매로 팔렸는데, 그것으로 작년 임대료를 감당한다는 것이었다. 너무도 끔찍한 나머지, 나는 이 일에 전혀 관여할 수가 없었고, 그 모든 더러운 손가락들이 내 삶을 파고 든다. 만일 물건들을 돌려받을 수 있다고 해도 돌려받지 않을 작정이었다. 그래, 나는 그것들을 소독할 것이다. 그러나 지금 그 사진들은 다 **어디에** 있나? 나는 마치 태풍이 그 사진들을 세상의 구석구석으로 날려버린 듯이 이것을 보려고 노력한다. 나는 이 일을 비인간적인 황무지로 보고자 노력한다. 그러나 나는 주검들을 떠올린다. 사지가 잘려 나간 주검들을.

내레이터
당신의 상자 속에는 수천 달러 상당의 현금화되지 않은 수표들이 들어 있었습니다. 왜 현금으로 바꾸지 않았습니까? 당신은 언제나 돈이 부족해서, 주변에서 찔끔찔끔 돈을 빌리고 갚느라 어려움을 겪습니다.

비브
어려울 때를 대비해서 모아 놓았지. 대공황 시기에 자란 우리는 만일을 위해 언제나 돈을 저축해 두는 법을 배웠어.

내레이터
당신은 수표 역시 모았어요, 인정하시죠. 당신은 그 수표들과 떨어질 수가 없었어요. 한편, 경매에서 팔린 상자들 중에는 치아들이 담긴 통도 있었습니다. 비비안, 그 치아들은 누구 것이었나요?

비브
그것은 말할 필요도 없이 아이들 것이었어. 나는 당신이 싫어.

내레이터
어떤 아이들인가요?

비브
나와 칼의 치아들이야.

내레이터
젖니처럼 보이지는 않았습니다.

턱수염이 덥수룩한 성인이 된 그녀의 착한 삼형제가 보다 좋은 동네에 아파트를 구해 주었습니다. 그들은 또한 그녀가 이사하기 전의 옛 아파트를 청소하는 것, 즉 비브가 신문을 들고 의자에 앉아서 염소표백제와 암모니아가 어디 있는지를 알려 주는 것도 도왔습니다.

그녀는 잠을 잘 때만 아파트에서 보냅니다. 지금은 십일월이기 때문에 꽁꽁 몸을 감싼 채로 바로 아래 호숫가로 내려가서 하루 종일 벤치에 앉아 있습니다. 이웃들이 지나갈 때면, 그녀는 "귀가 얼어붙지 않게 모자를 써!"라거나 "자전거에 벨을 달아!"라거나 "꽃에 물 좀 줘, 꽃들이 죽어가고 있어!"라거나 "저 치마는 좀 더 길어도 좋았어!"와 같은 잔소리를 외칩니다.

 그녀는 언제나 깡통 따개와 숟가락을 지니고 다니며 깡통째로 음식을 떠먹습니다.

 "아니 데우지도 않나요?"

 "나는 이렇게 먹는 것이 좋은 걸." 그때 그녀는 칼을 생각하고 자제력이 너무도 없다던 그의 절망을 떠올립니다.

"흥미로운 얼굴이네요." 그녀는 말하고, 그 흥미로운 얼굴의 남자를 위해 옆에 자리를 만들어 줍니다. 그는 관악기를 들고 다니며 호수 위로 음악을 불어 날립니다. 잎을 다 떨군 나무는 비둘기들로 가득

하고, 나무 꼭대기에는 까치 한 마리가 앉아있고, 태양은 그 흰 가슴을 내리꽂습니다.

비브

오바마가 당선되고 나서 많은 사람들과 더불어 그랜트파크 공원에 서서 하늘을 향해 환호할 때, 나는 케네디가 당선되었을 때보다 훨씬 더 행복했거나 적어도 그만큼 행복해서, 낡은 카메라의 먼지를 털어 두었더라면 하고 바랄 뻔했다. 모두가 그들의 휴대 전화로, 완전히 무작정으로, 그저 그것을 공중에다 대고 조준도 없이 찍어댄다.

한 소녀는 나를 포함해 자기 눈에 보이는 모든 사람을 껴안았고, 나는 그렇게 하도록 (혐오감이 느껴지지 않아서) 내버려 두는데, 그녀의 팔은 꽤 멋진 팔이었지만 내 뼈는 한 마리 새처럼 삑삑거렸다.

내레이터

그녀가 넘어졌던 날 - 벤치에서 일어나다가 미끄러지고 바닥 돌에 머리를 부딪혔을 때 - 그녀가 떠올린 것이 머리 주위로 제 피로 웅덩이 하나를 이루던, 거리에 누워 있는 말의 사진이었다고 들려드리면, (거의 우리가 시작한 곳에서 끝나간다는 점에서는) 서사에 균형감이 있을 텐데요.

비브

바닥이 내 쪽으로 와락 치솟았고, 나는 손을 내뻗었지만 아무것도 잡을 수가 없었다. 구급차가 도착했을 때, 나는 벤치에 꼭 매달렸지만 그들은 내 손을 떼어 냈고, 나는 어머니의 치맛자락을 내가 얼마나 단단히 붙잡고 있었는지를, 그러나 결국 그들이 어떻게 나한테서 엄마를 늘 떼어 냈는지를 떠올렸다.

✢ 본문 중 인용 작품 출처 ✢

에밀리 디킨슨의 〈번쩍이는 마차를 타고 온 꿀벌 한 마리 A Bee his burnished Carriage〉

칼 샌드버그의 〈로마인들의 후예Child of the Romans〉

업턴 싱클레어의 장편소설 《정글The Jungle》(1906)

E. M. 포스터의 《소설의 이해Aspects of the Novel》(1927)

존 그린리프 위티어의 〈시카고Chicago〉

1902년 8월 23일 〈보스턴 글로브The Boston Globe〉

소설 비비안
크리스티나 헤슬홀트 지음
이영숙 옮김

초판인쇄	2024년 8월 30일
초판발행	2024년 9월 2일

펴낸이	이주동
편집	이영숙 이헌영 사이연구소
기획	사이연구소
북 디자인	사이연구소

펴낸곳	비트윈
인쇄 제책	퍼스트경일
출판등록	2020년 8월 22일
주소	서울 특별시 양천구 신정로 7길 60-7, 404-1502
대표전화	02.2060.2805
전자우편	betweenbooks.99@gmail.com
블로그	https://blog.naver.com/betweenlab
인스타그램	https://www.instagram.com/betweenlabs

ISBN 979-11-975032-4-5
책값은 뒤표지에 있습니다.